토함산 석굴암

황금알 시인선 120
토함산 석굴암

초판발행일 | 2015년 12월 24일

지은이 | 윤범모
펴낸곳 | 도서출판 황금알
펴낸이 | 金永馥
선정위원 | 김영승 · 마종기 · 유안진 · 이수익
주 간 | 김영탁
편집실장 | 조경숙
표지디자인 | 칼라박스
주소 | 03088 서울시 종로구 이화장2길 29-3, 104호(동숭동, 청기와빌라2차)
물류센타(직송 · 반품) | 100-272 서울시 중구 필동2가 124-6 1F
전 화 | 02)2275-9171
팩 스 | 02)2275-9172
이메일 | tibet21@hanmail.net
홈페이지 | http://goldegg21.com
출판등록 | 2003년 03월 26일(제300-2003-230호)

ISBN 979-11-86547-22-9-03810

토함산 석굴암

윤범모 장편시집

황금알

차 례

1부

총독의 비밀지령

총독의 명령

석굴암을 뜯어라
조선의 명품 석굴암을 토함산 자락에서 끌어 내려라
석굴암이 신라 땅에 존재하는 한 우리 대일본제국의
영광은 빛을 낼 수 없다
석굴암을 뜯어라
석굴암을

데라우치 마사타케 총독 각하의 지엄하신 분부이시다

석굴암은 조선의 자존심
그대로 방치할 수 없다
일단 석굴암을 해체하라
사지 절단하여 하산시켜라
감포 앞바다에서 돌덩이들을 배에 실어라
조선사람들에게는 경성으로 옮겨 잘 보존하겠다고 말
하라
국보 중의 국보 석굴암을 어떻게 산속 깊은 곳에 방치
할 수 있겠는가

오, 석굴암

약탈이 아니옵니다

합방 직전의 소네 아라스케 통감님, 감사합니다

우리 조선 사람들은 그저 감읍할 따름입니다

석굴암의 가치를 그토록 높게 인정해 주시니 더욱 그렇습니다

통감님은 1909년 가을 석굴암을 초도순시하면서 선행을 베푸셨습니다

바로 석굴암 안의 조그만 석탑을 기념으로 모셔 간 일이 그것입니다

이를 두고 그 어느 누가 약탈이라고 비난할 수 있겠습니까

통감님의 초도순시 이후 석굴암 감실의 석상들이 계속 사라졌다는 사실

이는 바로 석굴암의 가치를 증거하는 일입니다

통감님 감사합니다

조선 사람들이 눈 감고 있을 때

석굴암을 멋대로 짓밟았다는 사실

이는 바로 석굴암의 명성을 높이는 일이었습니다

감사합니다

통감님

짓밟아주셔서

조선의 심장을 뜯어내라

석굴암을 뜯어라
뜯긴 석굴암을 실은 배
인천으로 가는 척하다가
현해탄을 넘어라
이것은 총독의 비밀 지령이다
식민지 조선의 상징
천황폐하에게 올리는 전리품으로
석굴암보다 더 좋은 것 어디에 있겠느냐

석굴암을 뜯어라
이는 총독의 명령이다
석굴암은 빛나는 대일본제국의 전리품
석굴암을 토함산에서 끌어내려라
조선의 심장을 뜯어내라
심장을 뜯어내라
심장을

석굴암의 발견

이씨 왕조 조선은 불교를 배척하고 유교를 숭상했다
석굴암을 위해 이 얼마나 다행스러운 일이냐
토함산 깊숙한 곳에 방치된 보배
결국 대일본제국의 따듯한 손길이 닿을 때까지 신음
속에서
세월을 견뎌내야 했구나
불쌍하다, 석굴암이여
폐허 그 자체여

폐허의 석굴암은 우편배달부에 의해 발견되었다고 선
전하라
일본인 우체국장의 확인으로
무너진 채 방치되었던 석굴암을 발견했다고 주장하라
그것도 조선을 공식적으로 병합하기 이전 통감부 시절
의 일이라고 강조하라
우리 일본제국은 대학자 세키노 타다시를 초청하여
1902년부터 조선 팔도의 고적 조사 사업을 벌이지 않
았는가
조선의 문화유산을 사전 조사한 것

13

식민지 조선을 경영하려면 이 정도의 성의는 가져야
할 것 아니겠느냐
　아니, 뭐가 있는지 알아야 훔쳐라도 갈 것 아니냐
　그나저나 세계적 국보를 가지고도 이를 방치했던 조선
의 멍청함
　야만족 조선임을 세상에 선전하라
　하여 석굴암은 대일본제국에 의해 새롭게 발견된 것
　아시아 3대 발견 문화재의 하나라고 주장하라

　석굴암은 신라의 보배
　하지만 조선왕조는 이 같은 보배조차 지킬 수 없을 만
큼 썩은 왕조
　당파싸움만 하다가 망한 나라
　야만국 조선은 문명국 일본의 보호를 기다리고 있었구나

　석굴암을 제자리에서 보존할 수밖에 없다면
　해체 수리하여 일본제국이 문화민족임을 세계만방에
선전하라
　다시 한 번 이르노니

석굴암은 대일본제국에 의하여
　발견되었고
　복원되었고
　그리하여 본래의 가치를 재인식하게 되었으니
　이는 식민지 정책의 우수성을 과시하는 실체가 아니고
무엇이겠느냐
　야만족 조선놈들아
　너희들은 무엇을 할 수 있단 말이냐
　우리 일본 제국의 떡고물이나 얻어먹으면서 그저 허리
나 굽신거릴지어다

　다시 한 번 강조한다
　석굴암은 일본에 의해 발견되었고 또 보존처리 되어
재탄생된 보물이다
　복창하라
　석굴암은 대일본제국의 은혜로 재탄생된 보배이다!
　재탄생된
　보배
　보배

야나기 무네요시의 석굴암 예찬

내 이름은 야나기 무네요시
조선의 아름다움에 감동하여 조선 미술을 칭찬한 내지
의 학자이다
내가 조선 미의 특징을 비애의 미라고 주장한 것
다 깊은 뜻이 있어 그렇게 발설한 것이니라
슬픔은 식민지 백성의 특권
슬픈 척이라도 해야 밥 한술이라도 더 얻어먹을 것 아
니냐
조선은 슬픔의 나라
거리를 나가 보아라
조선 사람들은 무조건 흰옷을 입고 다니지 않는가
흰옷은 슬픔, 바로 상복喪服이로구나
하기야 조선은 식민지 상태에 있기에 목하 초상집 분
위기
상복 입고 다니면서 슬퍼하고 있구나
조선 사람들아, 흰옷 입고 계속 슬퍼하거라
스스로 백의민족이라며 큰소리치지 않았느냐

내가 조선의 최고급 미술품을 제쳐놓고

민화라는 말을 만들고 또 조선민족미술관을 세웠다고
아랫것들의 민예품만 가지고 조선의 아름다움을 평가
했다고
조선아, 섭섭하다 말하지 마라
게다가 내 집안이 조선총독부와 연결되어 있어
총독부의 광화문 철거를 비판할 수 있었다고
나의 순수성을 비판하지 마라
어떤 눈먼 자들은 나의 언행을 두고
식민지 경영의 교묘한 술책이었다고 말하는구나
비록 내가 평화를 사랑하라고
하여 조선 사람들에게 무력으로 독립을 꾀하지 말라고
말했다 하여
나를 폄하하지 마라
나는 조선인의 편이니라
나는 석굴암의 우수성을 예찬하는 내지의 학자이기 때
문이다

나는 1916년 조선을 처음 방문한 이래
스물두 번이나 조선을 여행한 조선의 팬이니라

처음 조선 땅을 밟았을 때
나는 해인사를 거쳐 이내 경주 석굴암을 방문했다
그리고 3년 뒤 석굴암에 대한 글을 발표한바
이는 내가 조선미술에 대하여 쓴 최초의 글이다
누구는 말할지 모르겠다
근대기 최초의 석굴암론은 바로 이 야나기 선생에 의
해 이루어졌다고
생각해 보아라
나의 조선미술 관련 저서의 첫 번째 글이 석굴암이었
다는 사실
이는 무엇을 의미하겠는가

나는 힘주어 말하고자 한다
석굴암은 동양문화가 최고조에 이르렀을 때
동북아시아 불교문화가 정점일 때
게다가 신라문화의 황금기에 만들어진 걸작 중의 걸작
이라고
조선왕조시대라면 꿈도 꾸어보지 못할 걸작
신라는 이루어냈구나

보호받아야 할 조선왕조가 아니라 일본에게 은혜를 베
풀었던 시대
　신라의 명품, 석굴암
　아아, 석굴암

　석굴암의 존재는 세상에 널리 알릴수록 좋을 것이다
　석굴암은 이제 수행 공간이기보다 환락 공간으로 성격
을 바꾸어야 할 것이다
　왕궁인 창경궁도 동물원으로 바꿔 국민 놀이터가 되는
마당에
　석굴암도 예배의 공간에서 관광 자원으로 바꿀지어다
　불교와 예술의 황금시대인 신라가 낳은 석굴암
　슬픔의 백성들에게 기쁨의 놀이마당으로 제공하라

　이세 식민지 조선의 현실을 외면하고 산수 유람이나
떠나자
　조선아
　하얀 옷을 입어 슬픈 민족아
　독립 운운하며 제발 칼만은 들지 마라

신라 석굴암 유람이나 가자

오오, 나의 석굴암

2부

토함산 성지

성산 토함산

출렁거리는 동해의 파도
매일 아침 태양을 끄집어 올려 일출을 만든다
구름을 젖히고 장엄하게 솟아오르는 태양
감포 앞바다 거쳐 대종천 계곡 올라
토함산을 키운다
토함산은 신라의 성지聖地
오악五岳 중에서도 동악東岳
바로 동악의 신이 사는 곳
서라벌의 해돋이를 지켜 겨레의 꽃을 피우는 곳
토함산이어라
토함산이어라
이 땅의 역사를 새롭게 펼칠 성산聖山이어라

신라의 토함산
매일같이 태양을 삼키고
매일같이 태양을 토함산에 뱉어낸다
토함산
구름을 날숨과 들숨으로 삼아
그 위용을 잃지 않는다

천지의 기氣는 산정에 머물며 신라를 굽어살핀다
매일같이 동해의 일출을 맞이하는 토함산
신라의 땅을 밝히는 길잡이로다

요내정의 노래

신라 사람들, 토함산에 올라 떠오르는 태양을 맞이한다
토함산
그 산의 동쪽
동해구東海口가 잘 보이는 곳에 샘 하나 있으니
사시사철 감로수를 뿜어 준다
목마른 자들에게 단물을 제공하는 곳
바로 요내정遙乃井이라
많고도 많은 우물 가운데 특정한 이름까지 가지고 있
는 곳
바로 요내정이라
신라인의 마음을 담아 단물로 바꾸어 내는 명당이라
이렇듯 훌륭한 자리
신라의 석탈해昔脫解를 모신 사당이다.
아니 석탈해의 뼈를 갈아 흙으로 빚은 소상塑像을 봉안
한 곳
성지가 따로 없음이라
이곳이 신라의 빛
세계의 빛을 뿜어낼 명소
동해의 태양을 가슴에 안아 영원히 빛날 성지
토함산 성지로다

알에서 태어난 왕자

저 멀리 용성국龍城國이라는 나라
그곳의 왕 함달파舍達婆는 적녀국積女國의 여인을 왕녀로
삼았구나
부부의 금슬 좋다 해도 슬며시 쌓이기 시작한 근심
왕위를 이을 왕자가 없도다
하늘이여, 아들 하나만 점지해 주소서
매일같이 두 손 모아 비는 왕비의 치성
7년의 세월이 강물에 실려 그냥 흘러갔구나
왕비의 기도 소리 멈추지 않더니
마침내 하늘을 움직였는가
드디어 왕비의 배가 보름달을 닮기 시작하는구나
기도로 모셔 온 보름달
오랜 세월 동안 정성 들여 만든 왕비의 보름달 하나
옥동자를 점지케 하는구나
천지신명 모아 놓고 새로운 세상을 꿈꾸는 날
드디어 보름달을 해산하는 날이로다
왕실의 경사로다
나라의 경사로다

이것은 무슨 조화인가
왕비가 만삭의 몸을 풀어 세상에 내놓은 것
그것은 둥그런 알 하나
보름달에 새가 희롱했는가
알을 낳다니
사람이 새처럼 알을 낳다니 참으로 기이한 일이로다
일찍이 사람이 알을 낳은 일 없어 왕실은 들썩거리는
구나
당황한 대왕은 신하들과 의논한다
이 무슨 불길한 징조인가
알을 버리기로 하세
알을 버리기로 하세
불길한 징조는 먼 곳으로 보내도록 하세
우리가 감당하지 못할 일이라면 인연 있는 곳으로 보
내도록 하세

커다란 궤짝을 만들어 알을 넣고
알 하나만 넣기 미안하니
칠보 같은 진귀한 물건도 넣고

노비도 함께 넣어 바다 위에 띄우세
아무쪼록 인연이 있는 곳에 이르러 나라를 세우소서
대왕의 나라를 떠나
정처 없이 길을 떠나네
궤짝을 실은 배 파도에 덩실덩실 흔들리는구나
궤짝 실은 배를 시샘하듯 이따금 파도는 산처럼 춤을
추는구나
배의 장도를 축하해주기 위해
용솟음치듯 파도는 출렁거리는구나
아무리 파도가 거세다한들 대수인가
배를 보살펴 주는 붉은 용이 있어
험난한 뱃길 걱정할 것 없네
하늘에서 내려온 커다란 알을 모시고 가는 길
해를 닮고 달을 닮은 둥그런 알을 모시고 가는 길
무엇이 걱정이랴
하늘의 해와 달을 닮은 동그라미
인연 있는 땅으로 가는 길 무엇이 문제이랴

가락국은 인연의 땅이 아니로다

드디어 배는 남해를 돌아 가락국에 도착했네
수로왕이 백성들과 북을 치며 배를 맞이하는구나
알에서 인간의 몸으로 변하는 술법을 보인 낯선 손님
왕에게 대뜸 한다는 소리
우렁차구나

—나는 왕의 자리를 빼앗으러 왔소이다
—나는 하늘의 명에 의해 왕위에 올랐는데
어찌 하늘의 명을 어기고 그대에게 내 자리를 줄 수 있
겠는가.
—그렇다면 술법으로 겨뤄봅시다
—좋소이다

알에서 나온 이방인이 먼저 매로 변하니 수로왕은 독
수리로 변하네
다시 이방인이 참새가 되자 왕은 새매가 되네
이방인이 본 모습으로 돌아오니 왕도 곧 본 모습으로
돌아오는구나
술법으로 왕위를 빼앗고자 했던 이방인

28

가락국의 수로왕 앞에 엎드려 항복하네
—내가 술법으로 매가 되자 왕께서는 독수리가 되었고
또 내가 참새가 되자 왕께서는 새매가 되었습니다.
그럼에도 불구하고 내가 목숨을 보전한 것은
살생을 싫어하는 성인의 어진 마음 때문인가 합니다
왕위를 다투고자 한 저의 어리석음을 용서하소서

겁도 없이 남의 나라 왕위를 노린 이방인
이 땅은 나의 땅이 아니네
인연 있는 땅은 다른 데 있는가 보네
다른 곳으로 떠나세
다른 곳으로 떠나세
가락국은 인연의 땅이 아니네
인연이 기다리는 곳으로 가세

중국 배가 다니는 물길을 따라
이방인의 배는 떠나는구나
그래도 걱정을 놓을 수 없었던 수로왕
수군에게 5백 척의 배를 주어 그의 뒤를 쫓게 하는구나

이방인의 배가 신라의 경계선으로 들어가니
그제서야 가락국의 수군들은 뱃머리를 돌리는구나

잘 가거라
해 뜨는 땅에서 새로운 나날을 맞이하거라
동방에 희망의 산하가 기다리고 있을 것이니

동해에 도착하니 까치들이 환영하는구나

여기가 동해로다
대륙에서 태양을 제일 먼저 맞이하는 곳
일출의 나라
배는 드디어 오랜 항해를 멈추고 동해의 조용한 어촌
에 닿는구나
기다리고 있었던 까치들이 하나둘씩 모이도다
까치들이 모여 춤추고 노래하는구나
까치들이 모여 낯선 배를 영접하니 새로운 세상을 예
고하는구나

마침 까치들의 군무를 보고 있던
갯가의 고기잡이 할멈
평생 처음 보는 일이라
바위도 없는 바닷가에 웬 까치들이 모여 춤을 추고 있
을까
이상도 하구나
노파가 까치들의 곁으로 조심스럽게 다가가니
까치들이 배 한 척을 에워싸고
궤짝을 보살피고 있구나

출렁거리고 있는 배를 지키고 있구나

먼 곳까지 배를 끌고 온 파도에게 환영의 노래를 하고
있구나

사공 노릇 대신해 준 파도에게 인사를 하고 있구나

이 배는 무슨 배일까

고기잡이 노파는 두려움 안고 배를 끌어내네

이 배는 어디서 왔을까

배 안의 스무 자쯤 되는 상자 하나

도대체 무슨 궤짝일까

노파는 두려운 마음 달래면서 배를 수풀 밑에 숨기는
구나

드디어 용기를 낸 노파 두 손을 모아 하늘에 고하는구나

먼 곳에서 온 낯선 배

하늘과 마음을 통한 노파 드디어 상자를 여는구나

아하, 이것은 무엇인가

궤짝 안의 잘 생긴 사내아이

웬 옥동자가 태양과 파도를 이끌고 동해로 왔는가

용의 보살핌으로 이 땅에 왔는가

노파가 어린아이를 보살피기 시작하니
이레 만에 아이는 입을 여는구나

거룩한 역사가 새로 시작하는구나
신라가 새로워지는구나
신라!

인연의 땅은 신라인가

나는 용성국 왕의 아들
하지만 알에서 태어난 몸
늦게 본 아이가 알로 태어나니
왕실에서는 불길한 징조라며
나를 배에 태우고 인연 있는 땅으로 가라 하네
오랜 세월 떠돌다 드디어 도착한 곳
붉은 용이 배를 호위해 주어 무사히 도착할 수 있었네
붉은 용은 붉은 해
하늘의 뜻이 아닌가

이 무슨 조화인가
이 땅이 어떤 땅이길래 인연의 땅이 되었는가
여기는 신라
여기는 토함산 아래의 동해
파도가 출렁거리며 태양을 끌어올리는 곳
시절 인연이 늘 기다리는 곳
불국佛國의 땅이 아닌가

동자, 토함산에 올라가다

동자는 갯가를 떠나 두 명의 종과 함께 토함산으로 올
라가네
토함산이라
왜 하필이면 토함산일까
신라의 젖가슴과 같은 산
토함산에 올라 하늘과 만나고
동해를 굽어보고
서라벌을 굽어보고
새로운 나날을 기약하게 하는가

토함산에 오른 동자는 돌무덤을 만들었네
돌무덤이라
무덤도 누군가를 위한 집이 아닌가
토함산에 집을 짓는다
그것도 돌로 집을 짓는다
동자가 처음으로 한 일은 바로 토함산에서 집을 짓는 일
석조 건축물
이는 무엇의 조짐인가
이는 무엇의 상징인가

35

신라 사람들 그 깊은 뜻을 아직 헤아리지 못하네
동자는 돌무덤에서 이레 동안 머물며
새로운 땅의 새로운 뜻을 예비하네

돌무덤
돌무덤

저기가 명당이구나

성안을 살펴보니 초승달처럼 생긴 봉우리 하나가 눈에
들어왔습니다
거기가 바로 명당자리
하지만 그 집은 주인이 있는 집, 바로 호공瓠公의 집입
니다
이를 어떻게 차지해야 하나
성안에 길지 하나를 차지해야겠는데, 어쩔 것인가
나는 그 집을 빼앗고자 꾀를 냈습니다
속임수여서 집주인에게는 무척 미안한 일이지만 대업
을 위해 어쩔 수 없었습니다
나는 호공의 집 둘레에다 몰래 숫돌과 숯을 묻어놓았
습니다
이튿날 아침 그 집에 가서 주장했지요

이 십은 원래 우리 조상이 살던 집이오
이제 내가 돌아왔으니 돌려주시오

드디어 호공과 나는 집 문제로 싸움을 벌였습니다
우리는 관청으로 가 판결을 가리게 되었습니다

-무슨 증거로 그 집을 너의 것이라고 주장하는가
　관원은 내게 물었습니다

　-우리 집안은 원래 풀무장이었는데 잠시 이웃 고을에
나가 살고 있는 사이 다른 사람이 들어온 것입니다. 집
주위의 땅을 파 보면 아마 숫돌과 숯이 나올 것입니다.

　원래의 집 주인에게는 미안하지만 나는 서라벌의 명당
자리를 차지했습니다
　정당하게 집을 차지하기에는 시간이 너무 없었습니다
　신라의 집을 차지하니 경사스런 일이 이어졌지요
　색시를 얻었다니까요
　남해왕은 내가 슬기롭다면서 사위로 맞이했습니다
　공주를 맞이하니 그의 이름은 아니부인阿尼夫人
　아니부인, 아니
　예쁜 공주를 신부로 맞이하니 이 어찌 경사가 아닌가요
　자, 신라는 나의 땅
　우리들의 땅
　항상 동해의 태양이 빛나고 있는

석탈해, 드디어 세상에 나오다

내 이름은 석탈해
무슨 이름이 그렇게 이상해, 이렇게 말하고 싶은
석씨라는 성
옛날[昔] 우리 집이라고 우겨 남의 집을 차지했으므로
석씨라
까치[鵲]의 울음 때문에 궤짝을 열었으므로
새[鳥]를 날려 보내고 석(昔)씨를 성으로 삼았던가

탈해라
이 또한 특이한 이름이 아닐 수 없네
궤를 풀고[解] 알에서 벗어나[脫] 태어났으므로
탈해라고 이름 지었다는 설도 있지만요
풀어헤치고 태어났다
아니 풀어헤치고 태어나라
구각舊殼을 벗고 풀어헤쳐라
탈해?
그렇다면 해탈解脫?
탈해와 해탈은 형제 사이인가요

나는 이 땅에서 구각을 벗어버리고 풀어헤쳐
새로운 나라를 만드는데 앞장 서야 하리
자, 그렇다면 껍데기부터 버리자
껍데기를 버려야 새로운 세상과 만날 수 있으리니

탈해
탈해
해탈
해탈

토함산의 젖줄

나는 토함산에 올랐습니다
산에 오른 나는 목이 말라 머슴에게 물을 떠 오라고 시
켰습니다
물을 떠 오던 머슴
목이 말랐는지 도중에 물 한 모금을 먼저 마셨나 봅니다
그런데 뿔잔이 그의 입에 붙어버리고 말았습니다
벌을 받은 것이지요
내가 머슴의 잘못을 지적하고 뉘우치게 하자
뿔잔이 머슴의 입술에서 떨어졌습니다
이때부터 머슴은 두려워 감히 속일 생각을 하지 않았
습니다
주인보다 먼저 마신 물
머슴의 입술에서 떨어지지 않은 뿔잔
여기서 뿔잔보다 샘물 그 자체가 문제입니다
머슴이 물을 떠 온 샘의 이름은 바로 요내정
요내정이라
요내정은 토함산의 젖줄
신라의 젖
요내정은 신라에게 영원한 영광을 안길 샘입니다

요내정!
요내정!

동악의 신 석탈해

석탈해는 광무제光武帝 중원 2년 정사 6월에 왕위에 올랐다

그리고 23년 동안 열심히 선정을 베풀다가 세상을 떠났다

그의 시신을 소천 언덕에서 장사지냈더니

하룻밤은 망자가 임금의 꿈에 나타나 말했다

내 뼈를 조심해서 묻으라

깜짝 놀란 임금

무덤을 헤쳐보았더니 과연 시신은 엉망이 되어 있었다

해골의 둘레는 석 자 두 치요, 몸뼈의 길이는 아홉 자 일곱 치

그것도 한 덩어리처럼 엉켜 있었다

살아 있을 때처럼 뼈마디를 이으니 천하무적 역사力士의 골격이 따로 없다

망자의 뼈를 부수어 흙과 함께 빚어 소상塑像을 만들어 궁궐에 봉안했다

살아생전의 모습

흙으로 다시 소생한 모습

후손들은 놀라움 속에 석탈해의 소상에 경배했다

43

하지만 석탈해는 임금의 꿈에 다시 나타나 말했다
내 뼈를 동악에 두라
생전 자신의 모습을 되찾는 것보다 더 중요한 것
그것은 바로 토함산
토함산은 잊을 수 없는 곳
석탈해의 뼈를 토함산에 봉안하니 그제야 망자는 안식
을 되찾았다
토함산은 석탈해의 근거지
신라인의 고향
신라의 성지聖地

토함산은 오악 가운데 동악
석탈해를 두고 동악신東岳神 혹은 동악대왕東岳大王이라
고 부르는 것
예사로운 일이 아니다
탈해를 토함산의 신으로 받들겠다고?
하늘이여
땅이여
신라의 하늘이여

신라의 땅이여
그곳의 어진 백성들을 굽어살펴 주소서

3부

낭산을 넘고, 토함산을 넘어, 동해구까지

오줌 꿈을 비단치마와 맞바꾸다

서악에 올라 오줌을 누니 서울이 오줌바다가 되었다
아, 오줌바다!
웬 아가씨 오줌이 그렇게 엄청난가
보희 언니의 꿈 이야기를 들은 동생 문희는 말한다

－내가 언니의 꿈을 사겠어요
－꿈 값으로 무얼 주려고?
－비단치마

동생이 옷깃을 벌리자 언니는 간밤에 꾼 꿈을 넘긴다
오줌 꿈
형제지간에 꿈을 진짜로 사고팔았다
그 오줌 꿈이 무엇이길래?

문희가 꿈을 산 열흘쯤 뒤에
　오빠 김유신은 김춘추의 옷고름을 일부러 떨어트리며
집으로 데리고 왔다
　이는 속 깊은 작전이다
　김춘추의 떨어진 옷고름을 문희 아가씨가 바느질한다

바느질이면 바느질이지 이 무슨 조화인가

문희와 김춘추의 그윽한 두 눈빛까지 하나로 꿰매는
구나

그 눈빛은 마침내 아가씨의 배를 보름달로 키웠다

시집도 가지 않은 아가씨가 아이를 가졌다니

도대체 어떤 놈의 씨냐?

김유신은 동네방네 다 들으라고 여동생을 야단친다

아니 장작더미 위에 여동생을 올려놓고 불을 지핀다

이 또한 속 깊은 작전이다

마침 남산행차 길에 연기를 본 임금님은 연유를 묻는다

─김유신이 결혼도 하지 않고 임신한 여동생을 불태워
죽이려나 봅니다

─뭐, 여자를 불태워 죽여?

도대체 그 여자를 임신시킨 자는 누구인가

여왕 옆에 서 있던 김춘추 아무 말도 하지 못하고 얼굴
만 붉힌다

이에 여왕은 김춘추에게 아가씨를 구하라고 하명한다

왕명으로 화형을 면한 문희

드디어 김춘추와 당당하게 결혼식을 올린다

오빠의 계략은 적중했다

뒤에 태종 무열왕으로 등극한 김춘추
김유신과 함께 삼한 통일에 커다란 공을 세워 신라 역
사를 빛냈다

오줌을 받은 비단치마
서라벌을 덮어버린 비단치마
드디어 신라 역사를 바꾸었구나

아, 오줌 마렵다

문무왕과 삼국 통일

태종 무열왕에 이어 옥좌에 오른 문무왕 김법민
고구려와 백제를 물리치고 삼국통일의 위업을 달성한
성군聖君
문무왕
하지만 나당연합군 이후 이 땅을 본격적으로 노리던
당나라의 야욕
이를 어쩔 것인가
비록 땅덩어리가 반으로 잘려나간다 해도
무엇보다 해결해야 할 것은 당군唐軍 퇴치
이를 어쩔 것인가

당에서 체류 중이던 의상대사
당군의 신라침공 계획을 미리 알고 급거 귀국한다
당나라가 신라를 쳐들어온다!
당나라의 침략이다!
태풍 앞의 등잔불, 이를 어떻게 하면 좋단 말인가
모두들 한숨만 쉬고 있을 때 각간 김천존이 임금에게
아뢴다
요즘 명랑법사가 용궁에 들어가 비법을 전수했다니 그

에게 물어보시지요

　용궁에서 비법을 얻어왔다고?

　명랑법사가 내놓은 당군 퇴치 방안은 무엇인가

　낭산 남쪽 기슭의 신유림神遊林에 사천왕사를 창건하소서

　하지만 새로운 사찰을 창건하기에는 너무나 급박한 상황

　당나라 군사들이 신라 국경의 바다에서 순회하고 있는
데 어쩔 것인가

　급박하게 돌아가는 사태를 확인하고 명랑은 묘책을 다
시 내놓는다

　채색 명주를 가지고 임시로 절을 지으세요

　국난에 처한 신라는 명랑법사의 말대로

　채색 명주로 절을 꾸미고, 풀로 오방에 신상을 만들어
세운다

　명랑법사를 으뜸으로 하여 유가명승瑜珈明僧 열두 명을
모시고

　문두루文豆婁 비법을 펼친다

　비법이 효험을 발휘하기 시작하는구나

갑자기 바람과 물결이 거세지더니 당나라 배를 모두
침몰시킨다
신라는 죽지 않는다!
신라는 죽지 않는다!
해전에서 대패한 당나라, 이번에는 5만 군사를 거느리
고 쳐들어온다
하지만 명랑의 비법 앞에 힘을 잃어
당나라 배들은 모두 침몰하고 만다
침략의 벌을 받는구나

분노와 함께 당황하기 시작한 당의 조정
마침 장안長安 감옥에서 김인문과 함께 갇혀 있던 박문준
당 고종 앞에 불려갔다
너희 나라에 무슨 비법이 있기에 두 차례나 대군을 보
냈는데도
우리 당군은 살아 돌아오는 자가 없느냐
고종의 침통한 질문에 박문준이 대답하기를
저희들은 당나라에 온 지 십 년이 넘어 신라의 사정에
대해서 잘 모릅니다

다만 당나라의 은혜로 통일했으므로 그 덕을 갚기 위해
낭산 아래에 사천왕사를 창건하여
당나라 황제의 만수무강을 빌고 법회를 연다고 들은
바 있습니다
이에 고종은 기뻐하며 신라에 사신을 보낸다
사천왕사를 살펴보고 오라

사천왕사에서 향불을 올리고자 온 당나라 사자使者
문무왕은 사천왕사가 아닌 다른 절로 그를 안내한다
새 절 앞에서 당나라의 사자는 말하기를
이 절은 사천왕사가 아니다
사자가 절에 들어가기를 한사코 거부하니
그에게 황금 일천 냥을 건네주며 달랜다
사자는 귀국하여 고종에게 거짓 보고를 한다
신라는 사천왕사를 창건하고 황제의 장수를 빌고 있습
니다

망덕사라는 절이 새로 생기고
신라 왕은 강수强首에게 명해 글을 당나라에게 보내니

54

글에 감동한 당나라의 임금
눈물 흘리며 김인문을 석방시킨다
김인문은 귀국하는 길에 바다에서 마지막 숨을 거두는
구나

문무왕
당나라 군사를 몰아내고 삼국을 통일시켰구나
불가佛家의 가피를 입어 드디어 대업을 이룩했구나
이 땅의 역사가 새롭게 쓰이기 시작한다
결코 멸망할 수 없는 찬란한 역사가
찬란한 역사
찬란한

신라의 낭산, 늑대가 어슬렁거리다

서라벌 분지 가운데에 기다랗게 뻗은 산
바로 낭산狼山, 아, 늑대산!
늑대가 어슬렁거리는 산
게다가 신령이 사는 선악仙岳
낭산! 늑대란 무엇을 의미하는가
중앙아시아의 초원을 달리던 늑대
서쪽으로 간 늑대는 로마의 창시자인 로물루스 전설을
낳고
동쪽으로 온 늑대는 서라벌 한복판의 낭산에서 자리
잡았구나
신성한 산
전불前佛시대 칠처가람七處伽藍의 하나
거기에 신유림神遊林 있으니 곧 일곱 사찰 가운데 사천
왕사 자리
신라 불국토 사상의 현장이다

낭산 남쪽의 신유림이라, 신들이 노니는 숲이란 말이
지 않은가
불교시대 이후는 수미단으로 승화되기도 한 낭산

늑대는 신라의 상징인가
부장품 속에 넣은 금관 장식, 바로 늑대 모양이라
늑대는 저승으로 가는 안내자였던가
문무왕의 비문에 나오는 신들의 산
낭산은 남산보다 더 중요한 산
신라를 지켰던

선덕여왕은 말한다
아무 날이 되면 나는 죽을 것이니 도리천忉利天에서 장
사지내도록 하라
도리천이 어디에 있는지 모르는 신하들, 그저 쩔쩔매
고 있으려니
여왕은 다시 일러준다
낭산 남쪽이다
아, 낭산
여왕은 예언한 날이 오자 정말 마지막 숨을 뱉었다
신하들은 낭산에서 장사를 지낸다, 낭산에서
그 후 십여 년이 흘러 문무왕은 선덕여왕 왕릉 아래
사천왕사를 창건하니 여법如法한 일이다

불경에 사천왕천四天王天 위에 도리천이 있다고 했거늘
낭산은 신라 김씨 왕족의 성지이다

늑대산
낭산은 남산과 토함산 사이에 위치하면서 신라를 지켰다
늑대와 함께 서라벌을 거닐었다
뭔가 새로운 역사가 달려올 것 같다
새로운 역사
늑대가 달려오고 있지 않은가
늑대가

문무왕의 조상 혹은 늑대 이야기

18세기 정조 년간에 밭을 갈던 농부
땅속에서 비석 파편을 건져내니 신라 문무왕의 비석이
라
어허, 이 무슨 조화인가
당시 발견될 때는 두 조각
비문의 탁본은 청나라 금석학자의 책에 실렸는데
두 조각 다시 사라졌구나
아니, 1961년 경주의 민가에서 한 조각을 다시 발견하니
문무왕 비석이라
그 비문에 놀라운 사실이 적혀 있거늘
오늘날 주류 학자들은 애써 외면하고 있구나

문무왕의 선조는 한漢나라 무제의 측근
투후秺侯 김일제(기원전 134-86)의 7세손 성한왕星漢王
그렇다면 김일제金日磾는 누구인가
돈황 부근 삼위산에서 곽거병 장군에게 포로로 잡혔던
흉노왕 휴도休屠와 어머니 알지閼智의 아들이지 않았던가
한 무제의 총애를 받았던 김일제, 그의 이야기는 『한
서漢書』에 나온다

중병 걸린 황제는 후계자로 막내아들을 점지하고 그
측근으로 김일제를 세우나
김일제는 외국인이라면서 겸양의 뜻을 말한다
흉노족 출신으로 한 무제의 총애를 받아 김金씨 성을
받은 인물
이역에서 존재를 드높인 인물
신라 역사를 다시 보게 한다

열네 살의 김일제는 한나라에 끌려가 말 먹이 주는 일
을 맡았다
어느 잔칫날 무제는 후궁들을 잔뜩 모아놓고 말을 검
열했다
말 끌고 임금 앞을 지나가던 말 먹이꾼들
미인들 훔쳐보느라고 몸을 가누지 못했다
후궁들의 미모가 얼마나 예쁘면 그럴 수 있겠는가
오로지 김일제만 정신 똑바로 차리고 말을 몰고 앞으
로 나갔다
말 사열 덕분에 임금 눈에 든 김일제
그는 수십 년간 무제의 측근으로 총애를 받았다

투후라는 높은 관직으로 세상을 떠나니
그의 무덤은 장안長安 서쪽 한 무제의 무덤인 무릉 부
근에 있다
죽어서도 한 동네에서 같이 있다

저 멀리 초원에서 대륙의 끝으로 와 정착한 사람들
늑대를 존중하고 불교를 신봉했던 김씨 후예들
경주 낭산에서 수미단을 쌓는구나
문무왕은 세상을 떠나면서 화장하라고 하명하니
바로 낭산에서 이를 거행하는구나
거대한 산과 같은 무덤을 쌓아올리는 신라 왕릉 대신
불교식 화장을 선택하는구나
화장한 자리는 수미단 같은 능지탑으로 남는구나
오, 낭산
늑대산!

서라벌을 달리는 늑대
그대는 보이는가

동해의 용과 해중릉

삼한 통일의 주역 문무왕
정치사회적 안정을 꾀하고 그 여세로 새로운 신라 역
사를 쓰는구나
그 바탕에 불법佛法의 가피가 가득하여
불교는 나라 사랑의 원천이 되었도다

원효대사와 의상대사 같은 고승이 활동하던 시대
문무왕 시대는 가희 신라문화의 절정으로 가는 꽃피는
시절이라
이미 선덕여왕 시절에 황룡사9층목탑을 건립한 위력
도 보였으나
문무왕은 불사에 더욱 박차를 가하는도다

낭산 남쪽에 창건한 사천왕사(679년 완공)
양지良志의 걸작으로 알려진 녹유綠釉 사천왕 부조상
살아있는 듯 꿈틀거린다
감은사感恩寺 창건의 기초를 만든 바
쌍탑의 아름다움은 신라 석탑의 전형이라
그 석탑 안에 안치한 금동 사리함의 정교한 기술

누가 감히 범접할까
사각 사리함 표면에 부조로 표현된 사천왕
녹유전처럼 인체표현의 백미이다
불교미술의 찬란한 성과물이로구나

문무왕은 옥좌에 오른 지 21년이 되던 해(681년) 세상을
떠난다
왕은 평소 지의법사智義法師와 대화를 통해
ㅡ짐은 죽어서 나라를 지키는 커다란 용이 되겠소
ㅡ전하, 용은 짐승의 응보應報인데 어찌 용이 되려 하십
니까
ㅡ나는 세간의 영화를 싫어한 지 오래되었으니
만약 추한 응보로 인해 짐승으로 다시 태어나더라도
그것은 평소 짐의 생각이오

문무왕이 승하하자 낭산에서 화장하고
동해구東海口 감포 앞바다의 바위를 무덤으로 삼는구나
일부러 축성한 듯 널따란 바위는 사면으로 뚫려 있어
파도를 출입시킨다

그 한가운데 놓여 있는 기다란 뚜껑 돌
바로 대왕의 유적이라
신비스러움 더욱 크게 안겨주는 바위섬
바닷속의 조그만 바위섬, 그 섬이 무덤이구나
대왕암!
죽어 호국룡護國龍이 되어 나라를 지키겠다는 유지는
그렇게 남았다
대왕암은 신라의 호국의지
세계 역사에 둘도 없는 해중릉海中陵이라
용이 된 문무왕, 괴롭히는 왜구倭寇들 무찌르면서 동해
를 지키고 있구나
감은사 출입하면서 토함산 자락으로 동해의 정기를 올
려 보내 주고 있구나

동해의 입
감포 앞바다의 용
토함산 계곡을 지켜주고 있는 용
그 길목의 감은사를 주석처로 삼아 동해를 지키고 있
구나
이제 신라의 국운, 번창할 일만 남아 있도다

동해구의 감은사

왜구도 막고 국방도 튼튼히 하고자 동해구의 길목에
절을 짓기 시작했네
토함산 올라가는 길
그 계곡 초입에 참한 절 한 채 짓기 시작했네
하지만 완공도 하기 전에 문무대왕 세상 떠나니
그의 아들 신문왕이 즉위하여 불사를 마무리지었네
문무왕의 위업 그리워하며 절 이름을 감은사感恩寺라
고쳤네
금당 아래에 통로를 만들어 바다로 이으니
이는 곧 해룡이 된 문무왕의 통행을 돕기 위한 길
가람과 바다를 연결하는 수로水路, 세상 어디에서도 보
기 어려운 것
문무왕의 숨결이 세세생생 살아
마당의 쌍탑을 지켜보며 신라 정신 위호하네
삼 층으로 쌓은 동서 석탑
그 늠름하면서도 날렵한 모습
신라 석탑의 전형으로 칭송을 이끌어 모으고 있네
감은사
동해 바람과 토함산 바람 번갈아 품었다가 놓아주면서
신라를 지키고 있네

신라의 삼보, 만파식적을 얻다

신문왕은 부왕인 문무왕이 그리워 감은사에 정성을 바쳤다

부왕에 대한 그리움, 하늘과 통했는가

절이 완공된 이듬해 어느 날 해관海官은 아뢰었네

동해의 작은 산이 감은사 쪽으로 물결 따라 오가고 있습니다

이 이야기를 듣고 임금은 일관에게 점을 치게 하니

돌아가신 선왕께서 이제 바다의 용이 되어 삼한을 지키고 계십니다

폐하께서 바다로 거동하시면 반드시 값으로 따질 수 없는 커다란 보물을 얻게 될 것입니다

왕은 이견대利見臺에 올라 바다에 떠 있는 산을 바라보았네

거기 거북 머리와 같은 바위산 위의 대나무 한 줄기

게다가 낮에는 둘이 되었다가 밤에는 합해서 하나가 되고

그날 왕은 감은사에서 묵었다

이튿날 오시午時, 이 무슨 조화런가

산과 대나무가 합해 하나가 되니

천지가 진동하고 비바람이 어둡게 몰아쳤다

하루 이틀도 아니고 무려 이레 동안이나 그러했다

바람이 자고 물결이 가라앉자 왕은 배를 타고 바위섬
에 들어가니

이 어인 일인가

용이 검은 옥띠를 가지고 와서 바친다

왕이 용에게 묻는다

이 산과 대나무가 때로는 갈라졌다가 때로는 합해지니
무슨 까닭이오

비유하자면 한 손으로 치면 소리가 나지 않지만

두 손으로 치면 소리가 나는 것과 같습니다

이 대나무는 합한 뒤에야 소리가 나게 되어 있습니다

이 대나무로 피리를 만들어 불면 천하가 화평해질 것
입니다

이제 부왕께서는 바다의 커다란 용이 되셨고, 김유신
은 다시 천신이 되었습니다

두 성인이 마음을 같이 해 이처럼 값으로 따질 수 없는

큰 보물을
  저로 하여금 폐하께 바치도록 하셨습니다

  왕은 몹시 놀라고 기뻐하며 오색찬란한 비단과 금과
옥으로 보답하고
  대나무를 베어내어 바다에서 나오니 산과 용은 이내
사라졌다
  이 날도 왕은 계속 감은사에서 묵었다
  토함산 길목을 지키는 감은사
  그 앞바다에서 마침내 큰 보물을 얻었다

  다음날 토함산 동쪽 아래에 있는 기림사 계곡에서 점
심 먹는데
  대궐을 지키고 있던 태자가 이 기쁜 소식을 듣고 달려
와 축하한다
  태자가 왕의 옥대를 자세히 보니 옥띠의 여러 쪽들이
진짜 용들로 보였다
  ―옥대의 여러 쪽들이 모두 용으로 보입니다
  ―옥띠가 용인 것을 어떻게 아느냐

68

−한쪽을 따서 물에 넣어보시지요
 옥대의 한쪽을 따서 냇물에 넣자 곧 용이 되어 하늘로
올라가는구나
 용이 하늘로 올라간 자리는 용연龍淵이라는 연못
 폭포를 이루며 멋진 경치를 자아내고 있구나
 토함산 넘어 동해로 가려면 반드시 거쳐야 하는 길
 기림사 용연 계곡은 신라의 길목
 오늘도 폭포가 아름답게 서 있도다

 궁으로 돌아온 왕은 대나무로 피리를 만들어 천존고天
尊庫에 보관했다
 피리를 불면 적군이 물러가고 병이 나으며
 바다의 바람을 그치게 하고 물결도 잠잠하게 하니
 이 피리의 이름을 만파식적萬波息笛이라 하고 국보로 삼
았구나
 오, 만파식적
 신라의 삼보
 오, 마술피리
 평화의 소리

만파식적

만파식적

성덕대왕신종, 에밀레종이라고 부를 수 없는

종을 울리자
종을 울려 고통 속에서 헤매고 있는 모든 생명들에게
희망의 모음母音을 전달해주자

신라의 마음을 담아 거룩하고도 아름다운 종을 만들자
석굴암 공사를 감당할 수 있다면
대종은 왜 만들지 못할까
돌아가신 성덕대왕을 기리는 종을 만들자
아직 정성이 부족한가
쇳물을 부을 때마다 실패하니 온 나라에 근심 소리 가
득하네
모든 이들 정성 모아 다시 시작하세
일찍이 세계 역사에 없었던 대종을 만들고자 하니 모
든 정성 더 끌어모으세
나무는 물론 길가의 풀잎들까지 종을 위해 두 손 모으네
후미진 골목의 사람들 정성 모으며 시주함을 채우네

어린아이 하나밖에 없는 가난한 집안조차
아이를 시주했다는 소문까지 날 정도

살생을 금하는 절의 불사에 어떻게 아이를 쇳물단지에
넣을 수 있겠는가
쇳물을 녹이는 솥은 아주 작아
높은 온도를 올릴 방도 없어 수십 개의 솥에서 쇳물 녹여
동시에 종의 성형 틀에 부어야 하는 주물 작업
여기에 사용하는 솥 너무 작아 도저히 어린아이를 넣
을 수 없네
그런데도 아이를 넣어 종을 완성했다는 전설 같은 이
야기 전해 오고
종을 칠 때마다 엄마를 찾는 어린아이 울음소리 묻어
나온다고
에밀레, 에밀레
아이가 엄마 부르는 소리
얼마나 종 만들기가 어려웠으면 그런 전설까지 만들어
졌을까
종에는 사람 뼈의 성분조차 들어 있지 않은데도
에밀레 전설은 먼 후일 날조된 것
그만큼 고난도의 범종불사
이를 상징하기 위해 어리석은 중생들 이야기를 짜 맞

추네
  에밀레, 에밀레
  사실과 관계도 없는 울음소리, 이를 여의고
  오늘도 불음佛音을 전달해주네
  성덕대왕신종은 중생의 몸
  회초리 맞으며
  속울음 토해내네
  이 종소리를 듣는 뭇 중생들아, 고통을 버릴지어다

범종과 피리, 평화의 소리를 전달하다

종을 울리자, 종을 울려
종은 원래 힘주어 치는 만큼 소리를 낸다고 했거늘
크게 치면 큰 소리가 난다
아름다운 마음씨로 치면 아름다운 소리를 낸다
종은 원래 소리를 내는 악기
악기는 연주자에 의해 소리가 달라지는 법
아름다운 소리를 종각에 매달아 놓자
범종梵鐘은 어둠 속에서 헤매고 있는 중생을 위한 것
바로 불음佛音
종소리 듣고 어둠의 때를 벗겨내자
아름다운 비천飛天도 피리 불면서 하늘에서 내려오고
있지 않은가

범종의 꼭대기에 커다란 용이 꿈틀거리고 있다
용 가운데도 가장 잘 운다는 포뢰 한 마리가 물속에서
나오며 울부짖고 있다
승천하는 용
신라인들, 종을 매달기 위한 고리조차 용으로 만들어
놓았구나

이게 무슨 조화인가
꿈틀거리는 용은 기다란 원통을 가지고 있네
종 꼭대기에 우뚝 솟은 원통 하나
그것은 마디가 있어 마치 대나무처럼 보이는구나
대나무라, 그렇다면 피리가 아닌가
피리, 바로 만파식적?
신라의 삼보 만파식적

피리와 종의 역할은 소리를 내는 것
그것도 아름다운 소리를 내는 것
바로 천상의 소리를 지상으로 전달하기 위한 것
고통을 잠재우기 위한 만파식적의 소리
범종에 담아 조석으로 고운 소리를 내는구나
평화의 소리를
자비의 소리를

종이여, 울려라
만파식적이여, 불어라
이 땅에 평화 가득하도록
자비와 광명 가득하도록

4부

토함산은 실크로드의 종점이다

토함산에 온 낙타

내 이름은 낙타
고향은 고비사막, 기련산맥, 돈황 막고굴 너머
저 서역 땅 타클라마칸 사막
한번 들어가면 살아나오기 어렵다는 곳
그래도 사막 주변에 고창, 쿠차, 우진, 누란 왕국 자리
했던 곳

일주일을 걸어도 똑같은 풍경 황량한 사막
뜨거운 모래는 우리 집의 이불
뜨거운 태양은 우리 집의 지붕
나는 사막에서 태어나 사막에서 자랐네

나의 등에는 듬직한 봉우리가 두 개나 있어
하나밖에 없는 사하라 낙타와는 품위부터 달라
나는 일주일 동안 굶으면서도 사막을 걸을 수 있지
사막의 일꾼
오아시스를 만나면 온몸을 적실 정도로 듬뿍 마시지
사막에서 물 한 방울은 곧 생명수
갈증을 모르는 자 어찌 물의 귀중함을 알 수 있으랴

목말라 사경을 넘나든 자만이 물의 가치에 대하여 말
할 수 있으리

  나의 발바닥은 넓어 모래 위를 걷기에 안성맞춤
  힘까지 세어 무거운 짐을 싣고 잘도 걷지
  커다란 덩치에 비해 성질은 온순하니 어린이의 친구도
되고
  카라반 이루어 사막을 건너갈 때
  우리들은 정겹게 대열을 맞추지
  딸랑 딸랑
  방울 소리 박자에 맞추어

  낙타의 길은 사막의 끝에서 끝까지 이어주는 생명의 띠
  우리들의 별명은 동서 문화의 전달자
  그동안 우리가 운반한 동서의 문물은 얼마나 많았던가
  중국에서 서방세계로 전해준 것
  비단과 도자기
  종이는 물론 마시는 차 그리고 숱한 물품들
  우리가 서방세계에 가면 곧 축제의 날

남녀노소 환호성은 하늘에 닿았지
로마에서 중국 비단은 얼마나 인기를 끌었던가
비단과 금을 똑같은 무게로 맞바꿀 정도였으니
로마 귀족의 부인들에게는 정말 미안한 일
국고 탕진이라는 이유로 비단 수입을 금지할 정도였으니
로마여, 미안하네
중국 비단을 열심히 운반하여 로마 여인들에게 사치병
들게 한 것
정말 죄송스러울 따름

서방에서 돌아올 때 진귀한 물품을 등에 가득 올렸지
도자기 대신 유리공예품
지중해 연안에서 만든 로만 글라스를 싣고
포도, 호도, 석류, 수박 같은 과일을 싣고
당나라의 장안은 우리들의 일차 목적지
장안은 각국에서 모여든 사람들로 북적거리는 최고의
국제도시
카라반을 이끌고 온 상인 이외 외교관과 종교인들
별의별 민족, 별의별 직업의 사람들 북적거렸지

페르시아에서 온 아가씨가 웃음을 흘리는 술집까지 있
던 곳
이태백이 페르시아 아가씨와 한 잔 마셨다고 시 쓰던
시절
낙타는 귀중한 교통수단
문화 교류의 전령사

우리들의 진짜 목적지는 따로 있었지
대륙의 동쪽 끝
신라라는 곳
우리는 귀한 물품을 싣고 서라벌까지 갔지
아름답고 살기 좋은 곳
서라벌 거리의 낙타
아, 아, 토함산 자락에서 낙다가 어슬렁거린다!
신라 사람들의 환호성
신라 땅에 웬 낙타?

국제무대 일원인 신라
문호를 최대한 열어놓고 세계인과 악수하는구나

우리 낙타 눈에도 신라의 찬란함은 눈부실 정도
신라 땅에 온 일본인들은 진귀한 물건 달라고 조르고
있구나
신라 물품에 목말라하는 일본의 귀족들
수입물품 목록을 건네며
이따금 낙타라는 단어도 쓰는구나
신라는 일본에 낙타까지 수출하네
지중해 연안의 유리병을 서라벌 무덤에 넣기도 하는
나라
신라는 국제도시
제일 좋은 것들만 모아
뭔가 새로운 것을 만들 수 있는 나라
동서교류의 종점이자 출발점
토함산은 실크로드의 결정판

내 이름은 낙타
멀고도 먼 사막에서 온 낙타
서라벌은 아름다운 사찰로 즐비하고
중국과는 무엇인가 다른 독특한 분위기를 보여주고 있네

이번에도 토함산에 새로운 불사를 추진하면서
멀리 로마는 물론 페르시아와 인도 특히 간다라
당나라의 문화예술을 망라하여
세계 최고의 사찰 창건에 박차를 가할 예정이라 하네
벌써 서라벌 땅에 얼굴 모습이 다른
예술가, 건축가, 승려 등 많은 사람들이 모여들기 시
작했지
그 가운데는 우리와 함께 사막을 건너온 이들도 있다네
신라는 국제무대의 주역으로 세계와 함께 호흡하면서
새로운 문화를 일구어 가고 있는 나라
나는 이런 나라의 거리를 걷고 있다는 사실이 자랑스
럽기만 하네
가능성의 나라
실크로드의 종점
동방의 신라가 나는 너무 좋아
이제 신라는 나의 고향
토함산은 나의 무덤이네

경덕왕과 표훈 스님

나라의 안정과 더불어
눈부신 치적을 쌓고 있더라도 왕의 근심은 지워지지
않네
왕통을 이을 후사가 없기 때문
왕실의 간절한 염원과 등을 진 세월 그냥 흐르기만 하네
마지막 방법으로 표훈 큰스님
왕의 간절한 청으로 천상에 오르네
게서 상제를 만나 경덕왕의 소원을 전하니
딸을 구한다면 가능하나 아들은 가당치 않은 일이로다
이를 전해 들은 왕은 딸 대신 아들로 바꾸어 달라고 다
시 한 번 간청하네
표훈 스님은 다시 천상에 올라가 상제께 청하니
왕의 소원을 들어는 줄 수 있으나 아들이 되면 나라가
위태로워지도다
지금 스님께서는 천상을 이웃 마을 드나들듯 다니며
천기누설하고 있으니 다시 통할 수 없으리라

경덕왕의 고민
비록 국난을 당한다 해도 아들 얻어

후사를 결정할 수 있다면 만족하리
드디어 아들을 얻었네
경덕왕은 하늘나라로 가고 여덟 살의 태자가 왕위를
이으니
혜공왕
어려서부터 아가씨 흉내 내기를 좋아하던 혜공왕
상제의 예언대로 나라가 어지러워
여기저기 도적들이 일어서며 백성들께 불안만 안기네
상제의 심기를 불편하게 한 신라
표훈 스님 이후 성인의 대 끊어지고 말았네
나라가 어지러워지니
이를 어쩌면 좋단 말인가

불국사, 한몫하세
석굴암, 한몫하세

머슴 김대성, 재상 집에 다시 태어나다

모량리 한 아낙네 집안의 사내아이
머리가 크고 이마가 평평하여 대성大城이라 불리는 사내
집안이 너무 가난하여 부잣집 머슴살이로 들어가
새경으로 밭 두어 이랑 얻어 겨우 조석을 해결하고 있
구나
가난한 집안 살림에도 흥륜사에 베 오십 필을 시주했
다네

하나를 보시하면 만 배를 얻게 되니
몸이 편안하고 즐거우며 목숨도 길어지리라

스님의 축원을 듣던 대성이 어머니에게 한마디 하네
우리는 생전에 적선한 것 없어 이렇게 가난하게 살고
있나 봐요
지금이라도 시주하지 않으면 내생에는 더욱 가난하게
살겠지요
새경으로 받은 밭을 절에 시주하여 후생의 과보를 기
대하는 것은 어떨까요
어머니의 허락을 얻은 대성

밭을 시주하는구나
모든 것을 비우니
그 빈자리에 뭔가 가득 찰 준비를 한다

얼마 지나지 않아 대성은 이승을 떠났다네
그날 밤 재상 김문량의 집 공중에서 커다란 소리가 울리는구나
―모량리 대성이란 아이가 이제 너의 집에 태어날 것이다
허공에서 울려오는 소리
그것은 하나의 계시
놀라움에 빠진 재상의 집
사람을 보내 모량리를 살피게 하니
하늘에서 소리치던 시각에 모량리의 대성이 죽었단다
동시에 재상의 부인은 임신했구나
재상 집에서 태어난 아이
왼손을 꽉 움켜쥐고 세상에 나왔는데 이레 만에 손을 펼치는구나
바로 대성이란 두 글자가 새겨진 금간자를 쥐고

가난한 집의 대성은 몸을 바꾸어 재상 집에서 다시 태
어났다네
새로운 목숨을 받았네
재상의 집에선 대성의 가난한 모친까지 모셔와 함께
살도록 하는구나

오, 전생과 현생의 부모
한 집안에서 같이 사는구나
전생과 현생의 가람
석굴암과 불국사
오, 하늘과 내통한 징표
토함산에 서광으로 비추는구나

곰 사냥꾼의 꿈

덩치가 커진 대성은 사냥을 좋아했다네
어느 날 그는 사냥하러 토함산에 올랐지
토함산이라
토함산은 단순한 사냥터가 아닐 터
대성은 토함산에서 곰 한 마리 잡고 산 아랫마을에서
잠을 잤는데
꿈에 곰이 나타났네
─네가 왜 나를 죽였느냐. 나도 너를 잡아먹겠다
─미안하외다, 용서를 바라오
─그렇다면 나를 위해 절을 지어줄 수 있겠는가
─그렇게 하겠소
꿈에서 곰을 만난 뒤 대성은 사냥을 그만두었다네
곰 잡았던 자리에 장수사長壽寺라는 절을 세웠지
곰 사냥 사건은 자비慈悲를 선물했네
김대성
경덕왕대에 재상 자리까지 오른 위대한 인물

통일의 위업을 달성한 신라의 재상이라니
부귀영화 가득

전성기의 신라 서울은 십칠만여 가호
황금빛도 찬란한 금입택金入宅의 집까지 즐비했다는데
계절 따라 사는 집 따로 있고
어떤 재상의 집에는 3천 명의 하인을 두기도 했다는데
재상의 권세가 하늘에 닿았다면
불국사와 석굴암 창건을 꿈꾸어볼 만도 하겠네

절을 짓자
절을 짓자
토함산에 절을 짓자
동에는 석굴암을
서에는 불국사를
전생부모 위해 석굴암을
현생부모 위해 불국사를

석굴암 공사가 시작되는구나
일찍이 볼 수 없었던 대작불사
더 많은 정성과 더 많은 시간을 필요로 하는구나
재상의 능력 모두 쏟아부어도 살아생전 완공을 보지

못하는구나
  김대성이 하늘로 올라가자
  석굴암은 혜공왕대에 나라에서 완성하는구나
  신라에서 가장 아름다운 사찰
  불국사와 석굴암은 토함산의 꽃
  신라 태평성대를 증명하는구나

토함산에 불국을 건설하세

화엄 불국佛國의 도량
토함산의 서녘 기슭 아래에 만드세
동녘 기슭 위 동해 쪽에는 석굴암을 만들고
서녘 기슭 아래 도성 쪽에는 불국사를 만드세
석굴암은 올라가게 하고 불국사는 내려오게 하세
올라가는 것은 열반의 세계요
내려가는 것은 중생의 세계려니
열반의 세계는 조그만 굴로 조성하고
중생의 세계는 터를 넓게 잡아 문을 활짝 열어놓으세

화엄의 세계라
새로운 도량은 그야말로 반야용선般若龍船
화엄이란 배를 띄워 중생을 모두 태우고 피안으로 떠
나세
기운생동 용 한 마리가 꿈틀거리네
불국 업은 용 한 마리가 승천을 앞둔 것처럼 꿈틀거리네
불국의 바다로 출항하는 반야의 배
다보 석가탑 싣고
무설전도 싣고

나무와 풀과 돌까지 모두 싣고
떠나가리니

불국사의 축대까지 신라인의 마음을 담아
청운교는 용의 앞다리
백운교는 뒷다리
꼬리는 서쪽 뒤로 틀었구나
축대는 거대한 용 한 마리
반야의 배 둥실 떠 불국으로 향하고 있구나

벽돌처럼 답답하게 돌을 깎지 않고
크고 작은 바윗덩어리 생긴 모양대로 쌓아 올렸구나
멋대로 생긴 석축石築 꼭대기의 장대석長大石
장대석 아래를 바위의 원래 모양대로 깎았구니
오, 그랭이 기법
바위의 본래 모습을 존중하여 쌓은 불국사 축대
불쑥 튀어나온 곳은 튀어나온 만큼 장대석 아래를 파
내니
그랭이

상대방을 존중하는 마음
자연 상태를 사랑하는 마음
이 땅에 사는 단군 후예들의 마음이더라

축대 아래는 당연히 연못
백운교 청운교 멋지게 올려놓고
연못에 비치는 석가 다보의 아름다움
용은 물속에 있어야 제격, 그래야 기운 쓸 것 아닌가
연못에서 노니는 용 한 마리
신라 불국토, 여기서 서기瑞氣를 토해 내는구나
영지影池에 비치는 불국사의 아름다움
세상천지 그 어느 곳에서 이토록 아름다움을 볼 수 있
겠는가
사람들마다 환희심 가득 안고 춤추는구나

불국
불국

나는 아사녀입니다

그대여, 우리 언제 만날 수 있을까
매일같이 영지 주위를 맴돌아도 그대 모습은 보이지
않네
석가탑 감독관에게 매달려 사정사정해 보았지만
돌아오는 대답은 한결같네
탑이 완성될 때까지 누구도 만날 수 없다!
매일같이 면회신청을 해도 거절만 하는 불국사 현장
나 아사녀는 낭군이 그리워 못 살겠네
무너진 백제 땅에서 토함산 자락까지 왔는데
해와 달을 대책 없이 보내고 있을 뿐
낭군의 모습은 볼 수 없네
그대여, 세상에서 가장 아름다운 석탑을 세우고 있는
그대여
나의 사랑 아사달이여

아사달
나의 낭군 아사달이여
오늘도 나는 영지에서 그대의 모습 떠오르기만 기다리
고 있네

현장감독관의 말
영지에 탑 모습이 떠오르면 낭군을 만날 수 있으리라
나의 가슴속에 간직하고 있는, 단 한마디의 말
탑이여
석가탑이여, 영지에 하루 빨리 솟아오르소서
아사달의 색시
나 아사녀는 가슴속에 탑 하나를 키우고 있네

탑이여, 솟아올라라
탑이여, 연못 속에서 솟아올라라
우리들의 사랑, 석탑처럼 굳게 솟아올라라

나는 아사달입니다

그리움을 쌓네
매일같이 돌을 쌓아 올리네
석탑을 쌓네
아사녀를 위한
사랑의 목울음을 돌에 담아 높게 높게 올리네
내 그리움만큼 올라가는 탑
응어리지고 응어리지면 연못에 비치겠지
석탑은 그만큼 견고해지고
내 사랑 역시 튼튼해지네

나, 아사달
백제 출신 아사달
토함산 자락에서 석가탑을 쌓네
불국토를 모시기 위해 돌을 다듬네

원형의 다보탑과 비교하여 직선의 삼 층 석탑을 세우
고 있네
신라 쌍탑의 새로운 가람을 일구고 있네
자비의 마음

사랑의 마음
돌에 새겨 높이 높이 쌓고 있네

아사녀의 노래

아! 탑이로다
사각으로 반듯하게 돌을 잘라
다듬고 다듬어 멋지게 세운 삼 층 석탑이로다
어쩌면
그렇게 중후하고 아름다운 것이냐
탑이로다
탑이로다
명장 아사달이 솜씨를 발휘한 탑이로다
불국사 마당의 석가탑이로다
다보탑과 쌍을 이루는 우리의 석가탑이로다

드디어 연못에 탑 모습이 떠오르는구나
탑이로구나
그대여
나의 사랑 그대여
아사달!
연못에 비친 탑의 모습은 바로 아사달의 모습
나 아사녀는 탑을 껴안고자 연못으로 뛰어듭니다
낭군의 품이 그리워 연못으로 뛰어듭니다

세상 사람들 눈에는 탑의 모습 보이지 않는다 해도
내 눈에는 탑이 보이네
그대의 모습이 보이네
아, 그대여

이제야 탑을 완성했나이까
그동안 신라의 국보 하나를 보태기 위해 얼마나 애쓰
셨습니까
나의 낭군이여
연못가를 헤매는 것보다
그대의 모습 가슴에 안고 물속에 빠지는 것이 더 아름
답습니다
아사달 부디 멋진 탑으로 불국을 빛내주세요
내가 껴안는 탑 비록 환영幻影이라 해도
나는 그대의 품으로 뛰어갑니다
여기는 영지입니다
불국 영지에 석탑 하나 떠오르고 있습니다
아사녀의 가슴속 깊이 석탑 하나 떠오르고 있습니다

아름답다, 다보탑

반야용선 위의 석탑 한 채
석가여래의 석가탑 옆에 나투었구나
동방보정東方寶淨 세계의 다보여래
직선과 곡선의 조화를 이루며
장엄의 석탑
아름답다
다보탑

부처님이 영산靈山에서 묘법연화경을 설법할 때
땅속에서 불끈 솟아올랐다는 다보여래
그 여래의 가슴을 담은 탑
다보

세계 어디에서 이런 모습의 석탑을 볼 수 있을까
신라인의 디자인 감각
출중하고 출중하여
마냥 고개를 떨구게 하는
다보
예쁜 자태 더욱 예쁘게 하여

불국의 마당을 지키고 있구나

다보탑
반야용선의 돛대가 되어
강을 건너고 있구나
솔바람 싣고
보름달 싣고

불국사 마당에서

보름달이 떠오른다
좌청룡 소나무 숲 바람 안고 보름달이 떠오른다
다보탑과 석가탑 안고 그 사이에서 보름달 떠오른다
오, 보름달까지 설계에 반영한 신라 건축가의 위대함
차경借景이라
아니, 토함산 솔바람 소리까지 설계에 반영한 풍류
멋이로구나

달이 떠오른다
보름달
신라의 달이 떠오른다
여기가 불국임을 증명하는 달
천 개의 강을 비추는 달
강물마다 모습 다르게 보일지라도 하늘의 달은 하나
자비의 마음 떠오른다

비록 여름날 소나기 휘몰아칠지라도
불국사 마당 물난리 걱정 없구나
조그만 배수구 하나

연못 속 바위의 구멍을 뚫는 위력
어쩌면 설계를 그렇게 했을까
소나기 걱정 하지 않아도 되는 불국
그곳에 보름달이 떠오른다
영지의 달그림자
청운 백운교
다보 석가탑
연못에 비치는 아름다운 자태
열반이 따로 없구나

보름달이 반야의 배에 올라 강을 가로질러 가고 있구나
신라의 밤을 환하게 비추면서 가고 있구나
토함산의 솔바람을 안고 가고 있구나

5부

신라의 성지 토함산에 석굴을 세우자

서라벌의 금빛 찬란한 집들

서라벌, 신라의 서울
17만 9천 호의 도시는 태평성대를 불러온다
화려한 집들, 그 사이에 금빛도 찬란한 대저택
이름하여 금입택金入宅, 서른다섯 채나 헤아리게 한다
얼마나 호사스러우면 살림집까지 금으로 단장했을까
금입택의 귀족들은 거대한 토지 소유자
튼튼한 재정 덕분에
가내 공방에 기술자 두어 갖가지 공예품을 생산한다
사립 공방에서 국가적 대공사도 할 수 있을 만큼 엄청
난 능력을 과시한다
그것이 바로 신라
서라벌은 화려하다

경덕왕대에 주조한 황룡사 범종
높이 4미터에 무게만도 49만 근의 대종
신라 위력을 자랑하는 최대의 범종
하지만 황룡사 종을 만든 장인은 바로 이상택里上宅의
하전下典
하전이라면 노비 신분

이상택은 바로 35 금입택의 하나
사장私匠이 국가적 사업의 대종을 만들었다고?
개원開元 13년명(서기 725년) 상원사 범종도 조남댁照南宅
의 공장工匠이 만든 것
금입택 정도에서 사는 귀족이라면
명품 생산에 무엇이 두려울까
신라 공예 찬란하구나
귀족들도 앞장을 선 미술품 생산사업
신라 문화가 몇 단계씩 뛰어오른다
외국에 수출도 하면서 나라 살림에 윤기를 돌게 한다

재상 김대성의 석굴암 불사 원력
서라벌 사회의 능력과 기술이 뒷받침되었기 때문
도전
바로 도전정신이다
새로운 세계를 향한 도전이다

김대성의 원력
신라의 저력으로 석굴을 세우자

신라의 성지 토함산에 석굴을 세우자
불보살 모셔와 불국토를 이루자

서방의 그리스 로마문화 불러오고
천축天竺의 간다라문화 불러오고
중국의 성당盛唐문화 불러오고
고구려 백제의 문화 불러오고
신라의 문화 보태서
새로운 석굴을 만들자
세상에서 하나밖에 없는 훌륭한 석굴을 만들자
불국토를 만들자

나는 석업행수입니다

돌 뜨는 일
그 현장의 편수와 도편수를 거느리는 책임자
나는 석업행수石業行首입니다
그동안 크고 작은 돌 일을 해왔지만
무슨 날벼락인가요
이제 기운도 딸려 쉬려고 하는 늙은이에게
김대성 재상님은 도대체 무슨 말씀을 하시는 건가요
토함산에 석굴을 창건하라
석굴!
창건!

우리가 사는 이 땅은 화강암 천지
조상대대로부터 돌 다루는 기술은 하늘이 다 알고 있
을 정도
중국인은 흙 다루는 기술이 좋았고
일본인은 나무 다루는 기술이 좋았고
우리 신라인은 돌 다루는 기술이 너무 훌륭했지요
하여 중국의 전탑塼塔, 일본의 목탑木塔과 비교하면
아, 신라는 석탑의 나라

도처에 서 있는 석탑들

마치 가을 하늘에 기러기 날아가는 것처럼 즐비하고

명당 터마다 절 세우고 돌 깎아 모신 석불들

죽은 바윗덩어리를 매만져 깨달음의 광명을 듬뿍 넣었
지요

서라벌 남산만 해도 그렇지 않은가요

골짜기마다 펼쳐져 있는 석탑과 석불

남산은 석조미술의 야외 전시장

우리네 돌쟁이의 피와 땀이 어려 있는 각고의 현장

땀은 드디어 불국토를 이끌어 왔지요

이 몸 하나 부서진다 해도 억울할 것 없고

돌 일 하다 숨 거둔다면 그처럼 영광스러운 일이 또 어
디에 있을까

더군다나 여래와 보살 모셔오기

이는 불모佛母의 당연한 일이지 않은가

조그만 반도의 나라

양질의 화강암으로 가득 찬 나라

돌 다루는 기술이 너무나 뛰어나 노천을 박물관으로
만든 나라

뭘 걱정하는가
나가세
문을 박차고 나가세
토함산에 올라 돌과 싸워보세
아니, 돌과 사랑을 나누어 보세

나는 석업행수입니다
석굴사원 창건 책임을 진 늙은이입니다
토함산을 세계의 명산으로 만들라는 명을 받은 돌쟁이
입니다
뜬눈으로 밤을 새우고 있는
솔바람 소리에도 가슴을 쓸어내리고 있는

조화와 비례의 전당

어떻게 해야 할까
토함산 자락에 빼어난 석불사를 세워야 하는데
어떤 위치에 어떤 방향으로 어느 정도의 크기로 해야
할까
아아, 잠이 오지 않는구나
바람 소리만 스쳐 가는 백지 한 장 들고
세계 최고의 석굴사원을 만들어야 한다니!

장소는 토함산
동해를 내려다볼 수 있는 곳
그것도 동해구東海口를 한 눈에 바라볼 수 있는 곳
문무왕의 혼이 잠들어 있는 대왕암이 있는 곳
해룡海龍이 감은사를 출입하며 동해를 지키고 있는 곳
그렇다
신라의 명당이자 성지는 토함산 중에서도 바로 석탈해
사당이 있는 곳
사시사철 샘물이 흘러나오는 곳
바로 요내정遙乃井
요내정 위에 석굴암을 짓자

샘물 위에 절을 짓자
감로수를 세계로 흐르게 하여 불국토를 이루게 하자

드디어 위치와 방향은 결정했다
그렇다면 규모는?
어느 정도의 크기로 어떤 모양으로 만들어야 하나
무조건 크다고 최고는 아니로다
적당한 크기에 알맞은 조화
토함산 석굴은 조화의 전당으로 만들자
조화의 기본은 비례
비례는 혼자서 만들 수 없는 것
함께 서야 비례를 만들 수 있는 것
조화는 너와 내가 더불어 있을 때 이루어지는 것
우리는 함께 가자
어깨를 나란히 할 때 비례가 생기느니
어울리는 비례, 그것이 곧 조화가 아니더냐
석굴암은 조화의 전당

이제 설계 도면 작업을 하자

비례와 조화를 중심에 두고
새로운 세상을 만들자
평화의 세계를
원융圓融의 세계를

전방후원의 공간과 깨달음으로 가는 길

석굴이라
하나둘씩 초석부터 쌓아올려야 하는 인공석굴이니
세계에서 하나밖에 없는 멋진 것을 만들어 보자
천연 암벽을 뚫고 만드는 천축天竺이나 중국의 석굴과
달리
집을 짓듯 치밀하게 설계하여 성스럽고도 아름다운 절
을 지어보자

예배 올리는 전실前室과
부처님 모실 주실主室로 나누고
주실과 전실의 사이에 통로를 두어 크게 세 개의 공간
을 두도록 하자
전실은 사각형으로 직선을 강조하고
주실은 원형으로 곡선을 강조하자
이름하여 전방후원前方後圓이라
직선과 곡선이면 세상의 모든 선을 아우르는 것 아닌가
조화로구나
석불사의 기본 구조
넓은 전실 거쳐 좁은 비도扉道를 지나니

원형 주실의 여래상이라
이는 마치 욕계欲界와 색계色界를 지나
무색계無色界에 이르는 윤회의 단계와도 같구나
탐욕을 버리고, 탐욕을 떠난 욕계도 버리고
드디어 마주하는 곳
거기가 바로 물질을 여의고 심식心識만 있는 세계
바로 무색계로구나
전실은 미완의 세계
불완전한 중생의 공간이니 이곳의 권속들은 생기다 만
것처럼 거칠게 만들자
완벽하지 않음, 이를 어떻게 상징할 것인가
대지를 딛고 서 있는 발에다 의미 부여할까
앞부분의 엉성한 발 표현은 뒤로 갈수록 또렷하게 만
들자
하지만 여래상을 모신 주실의 존재들은 완벽한 모습으
로 모시자
석불사는 우주의 압축
깨달음으로 가는 과정의 도해圖解
무명을 안고 헤매는 중생에게의 안내서

전실의 팔부신중과 금강역사를 두고 비도에는 사천왕
을 모셔
불법의 세계를 지키도록 하자
원형 주실은 중앙에 여래를 모시고
돌려 가며 제석과 범천을, 문수와 보현을, 그리고 십
대제자를 모셔오자
제자상 위로는 둥그렇게 감실을 두어 보살들을 모시고
여래의 바로 뒤 두광頭光 아래는 십일면관음보살을 세
우자

석굴의 기본설계안이 나오니
토함산의 위용 하늘로 치솟겠구나
세상의 이목을 집중시켜 두 손 모으게 하는구나

자, 시공 준비는 어떻게 해야 할까
석굴 전체의 주벽을 돌려 세우려니 29매의 판석이 필
요하구나
어른이 두 손을 들어 올린 높이의 커다란 돌

이를 판판하게 다듬어 벽을 만들자
판석의 받침돌인 안상석眼象石도 똑같은 크기로 만들어
전실로부터 주실까지 이어가자꾸나
사각 공간에 14매의 판석
원형 공간에 14매의 판석
십일면관음을 위한 것 하나 더
모두 29매의 판석이 석굴 벽면의 규모가 되는구나
여기에 소임에 따른 각각의 상을 새기자
부조浮彫로 담긴 깨달음과 아름다움
영원한 생명이 따로 없구나

깨달음의 집
석굴암 윤곽이 세상에 알려지고 있구나
직선과 곡선의 조화
함께 어울려 있는 존재들과의 적절한 비례
바로 깨달음으로 가는 중도中道의 집이로구나

석굴 조성의 기본 구상

설계도면은 시작 단계일 뿐
자, 어떻게 시공을 해야 한단 말인가
화강암을 나무 깎듯이 주물러 각각의 부재 만들고
하나둘씩 쌓아 집을 지어야 한다
어떤 순서로 쌓아야 천년만년 무너지지 않는 튼튼한
석굴이 될까
원형 금당의 본존상과 궁륭형 천정은 어떻게 올려야
하나
고민이로다
고민이로다
집 외형부터 먼저 짓고 집안 부속물을 뒤에 만드는 것
이 일반적 순서
거대한 본존불을 어떻게 좁은 금당 내부의 좌대 위에
올릴 수 있을까
도함산 석굴공사는 특수 공법을 찾아야 하리라
세계 석굴사원의 새로운 역사를 창출하려면
새로운 방법을 찾아야 하리

먼저 본존상부터 자리 잡도록 하자

석굴의 핵심인 본존상부터 조성하여 중심을 잡도록 하자
샘물이 솟아오르는 곳
그곳에 부처님 대좌를 안치하자
사시장철 흐르는 물은 공기의 순환 역할
바닥의 찬 공기와 상부의 뜨거운 공기가 만나 서로 돌
아가게 하자
공기 순환은 석굴 안에 이슬 맺히는 것을 막아 주리라
이를 두고 누군가는 신라의 과학 정신을 담았다고 말
할지 모르겠다

그뿐 만이겠는가
12라는 숫자
그래, 12당척唐尺은 석굴의 기본 척도
12당척의 크기로 원을 그려 보자
하나, 두울, 세엣, 네엣
두 개씩 짝을 맞추자
사각의 전실에 두 개의 12당척 원을
원형의 본실에 역시 두 개의 12당척 원을
두 개 그리고 두 개

모두 합하여 네 개의 원형을 나란히 세우니 석굴암의
남북 크기가 된다
그렇다면 동서의 크기도 같이 해야지
좌우로 12당척 네 개씩 앉히니 모두 48당척
12당척 네 개를 모두 안고 동그라미를 그리니 커다란
원을 이루는구나
커다란 원 안에 사방으로 네 개씩의 작은 원이 서로 어
우러지는 구도
석굴암의 크기로다
석굴암의 비례로다
48당척의 한가운데는 바로 사각 전실과 원형 주실이
만나는 지점
바로 석굴암의 정중앙, 동그라미와 네모가 만나는 곳
직선과 곡선이 만나는 곳
아름다운 중도中道
바로 부처님께서 최초로 설법하신 내용과 맞물리는 곳
아닌가
중도, 그것은 비례와 조화의 산물

석굴의 기본 척도는 12당척

석굴의 전체 평면 구조가 48척이라면

사각형 전실에 이은 둥근 금당의 지름은 전체의 반이
되는 24척이로다

24척의 원둘레에 판석 15장을 세워 벽을 만드세

본존상은 원형 금당의 정중앙에 놓기보다 석 자 정도
뒤로 물려 앞의 공간을 넓히세

이는 본존 대좌의 앞 전실과 금당을 이어주는 팔각기
둥과 이등변삼각형을 이루는 곳

팔각기둥은 통로를 만들기 위해 걷어 낸 4매 분량 판
석 자리

천정 쌓기 위해 힘을 받도록 만든 지지대

양쪽 기둥 위에 홍예석을 올려 천정의 무거운 하중을
이겨내도록 하자

둥그런 대좌는 지름을 12척으로 하고

대좌 높이의 배를 본존상의 높이로 하고

그러니까 본존상 높이 12척은 바로 대좌의 지름 12척
과 같게 하고

대좌의 상면에서 천정까지의 높이는 24척
모든 것이 척척 맞아 떨어지는구나

본존상의 위치와 크기가 결정되니
나머지 외부 정리는 간단하구나
사각 전실은 팔부중을
이어 인왕상과 사천왕상을 배치하여 직선의 미를 넣고
원형 금당의 둘레는 제석 범천에 이어 문수 보현보살
을 좌우에 두고
이어 10대 제자상을 배치하고
그 위에 감실을 두어 각각의 조각을 두자
본존상의 바로 뒤에는 십일면관세음보살을
그 위에는 본존상의 두광을
아래부터 위로 하나씩 차근차근 판석을 쌓아 올리자
역시 제일 어려운 것은 본존상 위의 궁륭천정
그중에서도 천개석을 맞추어 마지막으로 천정을 완성
하는 것
이것은 정말 커다란 문제로다

석굴의 기본 설계안
세상이 놀랄 과학 정신을 넣자
아름다움의 미학 원리를 넣자
심오한 불법佛法을 넣자
오, 석굴암!
조화와 비례의 완벽한 결정체
드디어 토함산을 울리고 신라를 감동시키는구나

궁륭형 지붕 만들기

　건축에서 말각조정抹角藻井 방식이라는 지붕 만드는 법
이 있지요
　사각형의 판석을 네 귀퉁이에 가로로 놓아가며 안으로
좁혀가는 것
　건물 안에서 보면 세모 모양의 판석이 좁혀지다가
　한가운데에 네모 모양 판석 하나로 덮어 마감하는 방
식
　적석총인 고구려 고분의 지붕 처리는 대개 이런 방법
을 썼지요
　사각형의 건물, 그것도 돌로 쌓은 건물의 지붕 처리
　쉽지는 않았을 거예요
　하지만 둥그렇게 쌓아올려야 하는 궁륭형
　돔 형식의 지붕은 얼마나 어려울까요
　힘의 균형을 잃으면 천정의 돌들이 우르르 무너지는
구조
　인도나 중국의 석굴처럼 천연 바위에 굴을 뚫는다면
　돔 형식의 천정 때문에 고생은 하지 않을 텐데
　어쩔거나
　하늘이여

하늘을 떠받들어야 하는 천정이여
둥그런 모습의 석굴암 지붕
어떻게 건축공학적으로 힘을 분산시켜 견고하게 쌓을
수 있단 말인가

원형을 이루세
한 층을 쌓아 올리고, 또 한 층을 쌓아 올리고, 또 한
층을 쌓아 올리세
세 번째 층부터는 열 개의 면석 사이에 갈고리 모양의
부재를 열 개씩 끼우도록 하세
안으로 좁혀지면서 면석들의 힘이 아래로 쏠리는 것
쐐기 박듯 사이사이에 넣어 봉분封墳 모양의 지붕을 만
드세
쐐기돌은 어떻게 만들까
못과 같은 모양
지붕 안에서 보면 못대가리 모양이어서 옆의 면석을
붙들어주고
밖에서 보면 힘차게 뻗어 나와 면석의 힘을 분산시켜
주네

이름하여 동틀돌이라
면석들이 아래로 쏠리지 않게 하며 사이좋게 지붕을
이루는 것
동틀돌의 역할이로다
고난도 공법의 인공 석굴
토함산에 돔 천정이 태어나는구나
서른 개의 동틀돌이여
천정을 이루는 쐐기돌이여
그대들의 정겨운 어깨동무로 지붕은 무너지지 않겠구나
동틀돌을 포함하여 천정에 사용된 돌의 숫자
정확하게 백팔 개
백팔번뇌 지우려고 석굴암 천정의 석재는 백팔 개
오, 번뇌를 지워주는 석굴암

본존상의 머리 위를 지키고 있는 천정
그 조화로운 조형미
태양을 상징하듯
생명의 씨를 상징하듯
사방연속무늬로 마감한 형태미

원을 이루며 그어진 선
서로 엇갈리면서 살짝 솟아오른 세 줄의 동틀돌이 이
루어내는 파격
한가운데의 천개석天蓋石
그 거대한 천개석의 바깥은 연잎으로 춤추게 하고
한가운데의 원형 안에는 마치 점을 찍어놓은 것 같은
연밥
그나저나 그 천개석은 세 부분으로 갈라져 있네
마치 ㅅ자字처럼 갈라진 모습
왜 갈라진 금인가
웬 상처인가
천개석은 부처님의 손금인가
생명선이 길어 이 민족의 장수를 기원하는

세 조각 난 천개석

무너지는구나
무너지는구나
세상에 하나뿐인 석굴을 만들자 했더니
완성을 눈앞에 두고 또다시 무너지는구나
정성을 더욱 쏟으라고
아직 시절 인연이 도래하지 않았다고
무너지는구나
부처님 모시는 거룩한 일
어찌 단숨에 이루어질까
다시 시작하세
다시 시작하세
두 손 모아 정성을 모으고
처음부터 다시 시작하세
초심을 잃지 말고
자비의 집 다시 쌓아올리세

어려운 일이로다
아무리 석공들이 정성을 다 모아도
궁륭형의 천정을 마감할 수 없구나

아름다운 석굴은 언제 완성할 수 있을까
너무나 많은 세월이 흘러갔구나
이제 지붕 뚜껑만 닫으면 한시름 놓을 수 있을 텐데
아무리 궁륭형 천정이라 하지만
지붕 꼭대기의 마무리
연꽃을 새긴 둥그런 돌
이를 천정 꼭대기에 끼우면 대역사도 끝이 나는데
난관이로다
연화문의 천개석
크기만 해도 3미터요, 무게만 해도 20톤!
거대한 돌을 돔의 꼭대기에 올려 지붕을 완성해야 한
다니
어렵도다
어렵도다

오, 천개석 깨지는구나
상처 없이 이루어지는 걸작이 있었던가
다시 힘을 모아보세
천개석 다시 만들어 보세

그 무거운 돌덩어리를 지붕에 한번 더 올려보세
세 조각으로 갈라진 천개석은 부족한 정성을 탓하는
회초리
이를 어떻게 하나
갈라진 천개석
찢겨진 연꽃

연꽃 지붕, 연꽃 하늘

김대성 낙심하다 잠이 들었네
어허, 이 무슨 조화인가
천신天神이 내려와 지붕 꼭대기의 돌을 맞추어 놓았네
세 조각의 돌을 그대로 사용하여 뚜껑을 덮어 주었네
잠에서 깬 김대성 너무 놀라 남녘 고개로 달려가
천신에게 향을 사루며 공양을 올렸네

석굴암은 인력만으로 완성할 수 없었던 것
세상 보물 중의 보물
하늘조차 감동하여 토함산을 보살펴 주었네
석굴 완성에 따듯한 손길로 어루만져 주었네

천개석은 왜 세 조각으로 깨졌는가
깨어진 뚜껑돌을 왜 천신이 와서 맞추어 주었는가
이 땅의 평화를 말함이로다
세 조각은 고구려, 백제, 신라의 삼국을 의미하는가
나누어진 세 조각의 크기도 달라 마치 세 나라의 영토
와 같구나
통일 대업 이루느라 온갖 희생을 치른 땅

이제 한 나라로 뭉쳐 잘 사는 나라 만들어야지
쪼개졌던 세 나라
하늘이 도와 하나가 되었네
세 조각으로 쪼개졌던 천개석
하늘이 도와 하나로 합쳐졌네
세 개가 하나로 모여 지붕을 이루었네
커다란 연꽃이 되어 하늘을 이루었네
연꽃 안에 서른세 개의 연과蓮顆와 작은 씨방들이 널려
있고
열여섯 개의 꽃잎이 두 겹으로 에워싼 아름다운 연꽃
송이
천개석이여
연꽃이여, 연꽃 천정이여
연꽃 하늘이여

6부

석굴의 권속들, 신라를 빛내다

팔부신장

원형 석실의 본존상을 만나기 전
사각형의 전실 입구는 누구 차지일까
아, 수문장
불법佛法 지킴이
그렇다면 팔부신장八部神將

전실 좌우에 4구씩의 팔부신장
원래 인도 고대신화 속에 등장했던 신들
울타리 걷어내고 불법 지키는 신장이 되었구나
갑옷 입고 악을 물리치는 무사들
그들의 이름도 장하구나

천天, Deva
용龍, Naga
야차夜叉, Yaksa
건달파乾達婆, Gandharva
아수라阿修, Asura
가루라迦樓羅, Garuda
긴나라緊那羅, Kimnara

마후라가摩睺羅伽, Mahoraga

힌두교의 시바 신이 타고 다닌다는 가루라
바로 금시조
누가 새가 아니라고 했나, 투구 뒤에 날개를 펼쳤구나
금시조의 맞은편에는 아수라
얼굴은 세 개요, 팔은 여덟 개인 다면다비상多面多臂像이라
배에 악귀의 얼굴을 새겼구나
야차의 괴력은 또 어떻고
게다가 건달파
건달이란 단어를 제공한 존재
정말 건달이란 말인가
천상에서 가끔 지상으로 내려와 여인을 유혹하네
밥만 축내면서 특별히 하는 일 없이 빈둥거리니
바로 건달이라

  팔부신장의 역할을 생각한다면 당연히 험악한 인상일
텐데
  토함산의 팔부신장

비록 갑옷 입고 있지만 그렇게 험악한 표정은 아니구나
세상이 험할수록 난폭한 인상도 많아지는 법
순한 사람들의 사회에서는 문지기도 순한 모습이네
늠름하지만 순한 표정의 문지기들
신라 사회를 지키고 있구나

한계 속의 중생들
하기야 틀을 걷어냈으면 누가 중생이라 부르겠는가
아직 미명 속에서 갈 길을 몰라 헤매는 존재들
그들을 상대하는 신장들
발걸음이 중요하다
그래서인가
신장들의 발 표현은 대충 시늉만 내었고
발가락조차 들어내지 않아 아직 미완의 세계임을 암시
하네
신장들이 사는 세상
완성과 거리가 먼 곳
발가락조차 또렷하게 들어낼 수 없는 곳
깨달음의 세계는 좀 더 가야 하리라

땅 딛고 서 있는 발을 보라
발가락을 보라
구체적으로 표현하지 않은 발가락
아직 미명에서 헤매고 있는

그대, 아직 중생인가

금강역사

아!
훔!

팔부신장 다음
석굴 안을 바라볼 때 정면으로 마주하는 곳
바로 비도扉道 입구를 지키고 있는 좌우의 금강역사金剛
力士
그들의 우람한 모습을 보고 어떤 악의 무리들이 감히
덤벼들까

근육질의 금강역사
권법拳法으로 불법을 지키네
몸을 세 번 꺾은 삼굴三屈자세 보이며
신체에 역동감과 함께 긴장미를 동반하네
출입구를 지켜야 하기 때문인지
그들은 문의 바깥쪽으로 궁둥이를 내밀고
온몸에 기를 모으고 있네

오른손은 주먹을 불끈 쥐어 얼굴 옆으로 들어 올리고

왼손은 허리 아래로 내려 옷자락을 살포시 잡았네
치켜뜬 두 눈
기합을 넣느라고 벌린 입
그것의 기합은 바로
아!

알몸의 상체는 단련된 근육질로 돋아났으나
하체의 옷자락 선은 바람에 날리는 듯 부드럽기 그지
없네
마주 보고 있는 또 하나의 역사
왼손은 어깨 위로 들었고 오른손은 안으로 꺾어 기를
모으네
그의 꽉 다문 입
기합은 바로
흠!

양쪽의 금강역사가 취하고 있는 입 모양
그것의 기합은 바로
아!

훔!

아! 훔!

바로 산스크리트 기본 50개 가운데 맨 처음과 맨 마지막의 음

아는 우주의 창조를

훔은 우주의 소멸을 뜻한다네

좌우의 금강역사로 하여금 생사의 섭리를 증거하게 하네

이들 금강역사의 발은 간략하게나마 발가락까지 표현하여

팔부신장과 차별상을 보이네

하지만 사천왕보다는 분명하지 않아

아직 욕계의 세상을 떨쳐내지 못하고 있음을 알게 하네

아!

훔!

사천왕

욕계에서 불계佛界로 넘어가는 통로
그곳의 좌우에 서 있는 사천왕
바로 불법의 호지자

동방 지국천持國天
남방 증장천增長天
서방 광목천廣目天
북방 다문천多聞天

각각 동서남북을 지키고 있는 갑옷 차림의 수문장
손에 든 물건들이 다르구나
두 발로 악귀를 밟고 서 있으니 이는 사악한 존재를 물
리치는 형상
사천왕의 발아래 밟혀있는 괴수들의 표정
괴로워 인상 쓰기보다 차라리 웃음을 자아내는 듯
장난기가 넘치는구나
신라인의 해학이리라

사천왕의 발가락과 발등은 힘줄까지 자세히 표현했구나

멋 부린 샌들은 물론 휘날리는 옷자락까지 세심하게
처리하여
완존完存의 모습과 가까우니
부처의 세계와 가까워졌음을 암시하는구나
사천왕
사방을 지켜주는 수문장
불법을 수호하는 우람한 덩치의 파수꾼들
그들이 있어 토함산의 석굴은 더욱 빛나는구나

사천왕
그들 덕분에 사방이 안심이구나
동서남북이 제 위치를 지키고 있고
거기에 신라가 있구나

십대제자

제자들 열을 맞추어 좌우대칭으로 서있네
스승을 중심으로 둥그렇게 서서
저마다의 특징을 보여주고 있네
스승을 향한 공경의 마음
좁은 공간에서도 다소곳이 도열해 있구나
겸손한 자세의 표현인 듯 낮은 부조로 새겨진 십대제
자들
다만 석굴암의 경우
제자들의 이름 정확하게 알기 어렵구나
『유마경維摩經』에 자세히 소개된 십대제자들의 모습
과연 그들은 누구인가

지혜知慧 제일 사리불舍利佛존자
신통神通 제일 목련目連존자
이들은 같은 마을 출신으로 부처님의 고제자高弟子들
깡마른 체구를 싸구려 분소의糞掃衣로 감싸고
손에는 향로를 들고 있구나
향 공양
향 공양이로다

우뚝 솟은 콧날 치켜들고 허공을 쳐다보고 있네
늙은 얼굴의 사리불
석존보다 먼저 이승을 떠난

두타頭陀 제일 마하가섭摩訶迦葉존자
청렴 일등, 수행 제일 마하가섭
나이가 많아 주름진 표정으로 정병을 들고 있구나
어느 날 영축산에서 부처님이 설법하다가
말을 멈추고 꽃 한 송이를 들어 올렸지
어리벙벙한 대중들
오로지 마하가섭만 부처님 뜻을 알아차리고 빙그레 웃
음 지었지
언어도단의 경지
바로 염화미소
무슨 말이 필요한가
진리를 나누는데
아아, 꽃 한 송이
스승이 이승을 떠나고 그의 말씀을 정리할 때
마하가섭이 제1차 결집에서 발군의 실력을 발휘하는

구나
　왜소한 체구에 샌들 속의 작은 맨발
　가섭이여
　아직도 고뇌할 것이 있는가
　스승의 부재를 슬퍼하는가

　해공解空 제일 수보리須菩提존자
　공空을 제일 잘 이해했던 제자
　은둔 제일, 무쟁無諍 제일이라고 불렸던 수보리
　근사한 가사를 걸치고 묵상에 들어 있구나
　우주의 깊은 소리를 듣는 듯
　고개 약간 숙이고 두 눈 지그시 감고
　두 손 모아 턱을 괴고 무엇을 그렇게 생각하는가
　수보리여

　무엇인가 열변을 토하고 있는 것 같구나
　설법說法 제일 부루나富樓那존자
　오른손은 정병을 들고
　왼손은 들어 올려 엄지와 검지로 동그라미를 만들어

자신의 존재를 강하게 드러내고 있구나
동그라미는 무엇인가
논의論議 제일 가전연迦旃延존자
두 어깨를 가린 통견 가사를 입고 두 손을 옷자락 안에
숨겼지만
오른손은 가슴 위로 꺼내 동그라미 만들고 있구나
설법 중인가
온몸으로 표정 지으면서 진리를 전달하기 위해 여념이
없는 것인가

천안天眼 제일 아나율阿那律존자
하늘의 눈을 가졌으니 얼마나 좋을까
두 손 올려 피리 불듯 기다란 막대기를 들고 있구나
하늘의 소리를 전해 주려는가
하늘의 눈을 가졌다는 그대
어찌하여 두 눈을 감고 있는가
평소 잠꾸러기라고 소문났던 그대
부처님 법문을 듣다가 그만 졸기 시작한 그대
스승의 꾸중을 듣고 평생 잠자지 않기로 맹세하고

밤낮 두 눈을 똑바로 뜨고 있구나
결국 시력을 잃었다는 아나율
눈이 머니 마음의 눈이 열려 하늘의 눈을 얻게 되었는가
맹인 악사여
그대의 피리 소리는 하늘의 마음을 전해주는 선율일지니
영원히 그 소리를 듣게 해다오

지계持戒 제일 우파리優波離존자
아, 그대
수드라 출신
원래 석가족의 노예로 이발사로 일했던 그대
우파리
다른 귀족들이 출가할 때 부처님을 따라온 그대
부처님의 만민평등 사상을 상징하듯
노예 신분으로 십대제자의 반열에 올라
지율 제일이 되었구나
노예 출신답게 덩치는 크나 계를 잘 지켜 칭찬 듣는구나
커다란 발우 왼손으로 떠받쳤으나
먹는 것은 아주 조금이라는 듯

오른손 엄지와 검지로 작은 것 들어 올리고 있구나
노예 출신 우파리
부처님 말씀 가운데 율장律藏을 제일 먼저 정리했구나
장하도다
우파리

다문多聞 제일 아난阿難존자
제자 가운데 가장 젊고 미남형으로 매력이 넘치는 청춘
두 손을 앞으로 모으고 합장하고 있구나
비상한 기억력의 제자
다문이라
여시아문如是我聞
이와 같이 나는 들었노라
불경의 첫머리를 차지하는 말
여시아문

아난존자
그대는 제1차 결집 때 부처님의 설법을 그대로 외워
한 줄씩 암송했지

다른 제자들은 맞장구를 치고
이와 같이 나는 들었노라

석굴암의 제자상들
인도식 옷을 입고 신발을 신고
또 이국적 솜씨로 조각되어
신라의 국제적 감각을 마음껏 내세웠구나

라후라, 장애물이여

라후라
어려서 아버지를 얼마나 원망했는가
왕위를 버리고
처자식을 버리고
산으로 간 아버지를

귀한 아들 이름을 장애물이라고 지었다니
장애물아!
출가정신의 장애라는 뜻인가
라후라
속가에서 싯달타의 아들이었던 라후라
왕궁을 떠나 고행 끝에 성도成道한 아버지
부처님 되어 고국을 찾았을 때 그의 나이 불과 아홉 살
아버지 따라 수행 길에 오르니
밀행密行 제일 십대제자 반열에 오르는구나
라후라
육친의 정 떨구어 내고 열반을 얻었구나
석굴 속에서도 제일 후미진 곳 차지하여
아버님 세존의 뒤를 지키고 서 있구나

다른 제자들 모두 측면상으로 얼굴을 돌리고 있는데
그대만 유일하게 정면으로 세존을 응시하고 있구나

라후라
장애물아!
번뇌 벗어버리고 열반에 오른 라후라
거룩하구나
장애물아!

감실 보살상

키가 큰 사각형의 제자상 위에 특별히 설치한 감실
밋밋한 벽면을 파고들어 각기 열 군데
네모 반듯한 상자 하나씩을 박아 놓은 듯
그러나 윗부분은 엷은 궁륭형 곡선으로 아름다움을 두
었네
감실은 사각의 벽면과 원형의 천장 사이에 두고
변화감을 주면서
천정을 더 높게 보이도록 장치한 것
그뿐만도 아니네
석굴암 원형 주실의 높이는 30당척(약 9미터)
하지만 평면의 지름은 24당척에 불과해 대칭을 이루
지 못하네
감실 길이를 확대하면
평면과 입면의 길이가 비슷해지지
창문 효과 이루면서 전후좌우의 조화를 이룬 곳
감실은 건축구조의 또 다른 파격이라

감실 안에 안치한 보살상들
아래의 십대제자상은 모두 입상으로 키 자랑을 한 반면

감실 안의 보살상들은 한결같이 좌상으로 편안한 모습
을 보이고 있네
  두광과 신광을 바탕에 두고 높게 부조로 모신 보살들
  자태도 아름답구나
  문수 보현보살의 매혹적인 모습을 비롯하여
  오른쪽 세 번째 감실 주인인
  이른바 유희보살
  어쩌면 그토록 뇌쇄적 자태인가
  무릎을 꿇었지만 왼쪽 무릎 들어 올렸고
  왼 팔꿈치는 턱을 괴고
  얼굴 살짝 숙이고 생각에 잠긴 모습
  얼마나 아름다운 모습인가
  신라의 미인은 이러했을까
  관음보살
  지장보살 거쳐서

  아름다움이여
  깨달음이여

유마거사

유마힐
거사의 모습이어서 그런가
감실의 다른 보살에 비해 신체를 자세하게 표현하지
않았구나
뭉뚱그려 추상적으로 커다란 형태만 보인 모습
그러나 미완성이라고는 말할 수 없으리
각별한 상징성을 이 곳에 담았으리

유마거사
중생이 아파 자신도 아프다던
출가하지 않고도 깨달음을 얻은
중인도 바이샬리 출신의 유마

부처님께서 제자들에게 당부하는구나
유마힐에게 문병 가라
제자들, 한결같이 이렇게 말하는구나
유마에게 문병 가는 소임을 감당할 수 없습니다
오오, 십대제자들조차 두려워하는
세속의 유마

대승경전의 최고봉이라는 『유마경』의 주인공
한 말씀 남기는구나

일체중생이 병들었으므로 나도 병들었거니와
만약 일체중생이 병을 나으면 나의 병도 나을 것이니
보살은 중생을 위해 생사에 들었나니
생사가 있음에 병도 있거니와
만약 중생이 병을 여의었을진대
곧 보살도 다시 병들지 않을 것이니

아, 어리석음 때문에 애착이 생겼고
그리하여 병이 들었구나
중생이 병들었는데
어찌 내가 병들지 않을 수 있겠는가

신라의 유마
석굴암 감실 한구석에 다소곳이 자리 잡고
중생을 위한 자비심을 뿜어내고 있구나

오, 유마!

십일면관세음보살

숨어 있었네
석굴 깊숙한 곳 마지막 장소
거대한 본존상의 뒤
그 어두운 곳에 살포시 혼자 서 있네
십일면관세음보살
왜 은밀한 곳에 혼자 서 있는가
그대
너무나 아름다워 발길을 오래도록 붙들어 놓네
구원의 여인상처럼
눈부시게 아름다운 그대의 자태
이렇듯 아름다워도 되는 것인가

그대의 키 2미터 20센티, 아름다운 몸매
십대제자들과 달리 의연한 자태
고부조高浮彫의 독존
둥그런 광배까지 따로 지니고 있으니
얼굴의 빛나는 광채 더욱 숭고하구나

근엄하면서도 인자한 얼굴

콧날은 날카롭고 눈썹 역시 강하구나
살포시 뜬 눈은 세상을 그윽하게 내다보는 것 같고
꽉 다문 입 무슨 말을 건네줄지 궁금하게 하는구나

관세음보살
세상의 모든 소리를 들어주는 보살
세상의 모든 소리를 보는 보살
어둠 속의 중생을 위해 손도 천 개씩이나 두어 보살피고
눈도 천 개씩이나 두어 두루 살펴보네
천수천안
관세음보살
때로 세상의 모든 것 다 보고 있다고 알려주기 위해
십일면관음
얼굴이 모두 열한 개
보통의 보살처럼 커다란 얼굴 위에
열 개의 또 다른 얼굴을 나투시었구나
전지전능의 상징이라
머리 부분에 조그맣게 열을 맞추어 선 또 다른 얼굴들
정면의 세 얼굴은 자비를

왼쪽의 세 얼굴은 분노를

욕계欲界, 색계色界, 무색계無色界의 삼계三界를 교화하기
위한 것

하여 못된 짓하는 무리를 일깨워 악업에서 벗어나게
하고

오른쪽의 세 얼굴은 방긋 웃는 모습

깨끗하게 살아가려는 무리를 도와주네

뒤에 숨어 있듯 붙어 있는 얼굴 하나

큰소리로 껄껄대며 웃고 있는 모습이라

분노도 버리고 환희도 버리고 모두 포용하면서 웃음으
로 맞이하는

거기에는 차별도 없어라

맨 마지막 정수리의 화불

진리를 이끌도다

십일면관음

열한 개의 얼굴로 나투신 관세음

십일면은 방편면方便面이요

본면은 진실면眞實面이라

곧 깨달음으로 인도하는 얼굴이라

오늘도 세상의 온갖 소리에 귀 기울이네

십일면관음의 자태
오른손은 아래로 내려 몸에 걸친 영락 한 자락 살포시
쥐고
엄지와 중지로 영락의 줄을 쥐고
나머지 세 손가락은 안으로 움추려 각기 표정을 주었네
본존상처럼 그윽한 표정을 손가락으로 표현했는가
왼손은 가슴 높이로 들어 정병을 들고 있네
만발한 연꽃을 꽂은 정병
고통에 빠진 이들에게 건네줄 감로수의 병
얇은 옷 걸치고
온갖 장식 둘러 아름답게 치장했네
신라의 어느 미인이 이렇게 아름다울 수 있으랴
세상의 어느 여인이 이렇게 아름다울 수 있으랴
활짝 핀 연꽃 위에 서 있는 관음이여
어두운 곳에서 부드러운 자비의 소리를 보는 이여

감로

십일면관음
석굴암 그 깊은 굴 안에서도 가장 뒤에 숨어 있는
대미大尾의 종결자
그가 서 있는 곳
바로 사시사철 감로수가 흘러나오는 샘물
요내정 위
감로甘露로구나
달콤한 이슬
관음의 다른 이름이구나

관음보살은 원래 이란의 수신水神으로 풍요의 상징
물의 상징
그래서 손에 감로를 담은 정병을 들고 있는가
감로는 생명 탄생의 모태
유가 밀교사상이면 어떻고 아니면 어떤가
십일면관음 오늘도 샘물 철철 흐르는 요내정 바로 위
에서
고운 자태 숨기며 석굴을 지키고 있구나
열반으로 가는 길을 가리키고 있구나

달콤한 이슬
땅속에 숨어 흐르고 있구나
어둠 속의 감로
그대 보이는가

7 부

석굴암의 상징, 본존상 만들기

깨달음의 모습을 어떻게 표현할 수 있을까

천축 땅 마가다국摩揭陀國
가야성伽耶城이 있고 니련선하尼蓮禪河가 흐르는 곳
깨달음의 수행을 위한 전정각산前正覺山이 있는 곳
게서 서남쪽으로 가다 보면
진귀한 나무와 아름다운 꽃이 만발하여
예사롭지 않은 곳임을 증거하네
그 가운데 우뚝 솟은 나무
이름도 거룩한 보리수
깨달음을 증거하는구나

보리수를 둘러싼 담장 한가운데
금강좌金剛座가 있으니 삼천대천세계에 빛나는구나
온 땅이 진동해도 흔들리지 않는 곳
보리수 동쪽에 절이 있네
높이 일백육십 척이 넘는 기단, 넓이는 이십여 보
푸른 기와의 집이로다
여러 층의 감실이 있어 각각 금상을 모시고 있구나

금당 중앙에 모실 불상은 누가 만들 수 있을까

깨달은 모습
이를 누가 표현할 수 있을까
성도成道의 모습은 아무나 접근할 수 없는 것
작가를 모집해도 응모하는 이 하나도 없구나
깨달음의 경지를 어떻게 표현할 수 있을까
열반의 경지, 높고도 높아 아무도 접근하려 하지 않네
불상 자리는 텅 비어있는 채로
시간의 앙금만 쌓여가네
시간이 쌓일수록 넓어지기만 하는 빈 공간
여래의 묘상妙像이라
이를 누가 와서 만들 것인가

그대는 사랑을 그려낼 수 있는가
자비를 그려낼 수 있는가
하물며 깨달음을 형상화할 수 있다고?

불상 만드는 동안 문을 걸어 잠그시오

시간은 흘러도 금당은 계속 비어 있으니
여래상은 언제 모실 수 있을까
드디어 한 바라문이 나섰네
내가 여래의 묘상妙像을 멋지게 만들겠노라

깨달음의 모습
그 영원한 모습을 재현하고자 하니
불상 재료인 향니香泥를 가득 모아주소서
등불 하나도 넣어 주시고
등불은 마음의 빛
이를 길잡이 삼아 훌륭한 불상을 만들고자 하나니

중요한 부탁 하나 더 있으니
내가 금당 안에 들어가면 밖에서 문을 단단히 걸어 잠
가 주시오
반년 동안 두문불출하면서 불상 조성에 전념하고자
하니
문을 꼭꼭 걸어 잠그세요
그리고 어느 누구의 출입도 허용하지 않을 것이오

168

걸작은 고통의 산물
자신과의 고독한 싸움
그 험난한 길을 나 홀로 가고자 하오

금당 안에 들어간 바라문
한 달이 가고
세월은 흘러 드디어 여섯 달이 다 되었네
궁금증으로 안절부절못하는 절 밖의 사람들
과연 불상은 만들어졌는가
어떻게 반년 동안 두문불출하며 혼자서 불상을 만들
수 있을까
바라문은 과연 누구인가

밖의 사람들 궁금하여 문 열고 금당 안을 살펴보네
아아! 이것은 무엇인가
거기 웅장한 불상 한 분 모셔져 있네
깨달음의 불상이
여래께서 깨달음을 얻는 순간의 모습이 실체처럼 모셔
져 있네

마치 살아있는 여래처럼 생기가 넘치고 있네
원만구족圓滿具足의 얼굴에는 자비심 가득하고
가부좌 틀고 앉아 선열禪悅에 든 모습
뭇 사람들의 옷깃을 여미게 하네

불상은 동쪽을 향하여 당당하게 앉아 계시는구나
왼손은 들었고 오른손은 무릎 아래로 내려 항마촉지인
을 보이고
대좌의 높이는 4척 2촌이고 넓이는 1장 2척 5촌
불상의 높이는 1장 1척 5촌
두 무릎의 거리는 8척 8촌이며 어깨의 길이는 6척 2촌
당당한 모습이구나
정각상正覺像의 원형
바로 감동의 실체이구나

깨달음의 실체, 바로 이것
이제부터 역사는 새롭게 기술되겠구나
아, 새로운 세상이 오고 있도다

깨달음의 불상을 만든 작가는 누구일까

정각상을 조성한 바라문은 누구인가
그는 과연 누구이길래
혼자서 저렇듯 위대한 불상을 만들 수 있었는가

마음씨 착한 한 사문이 잠깐 꿈을 꾸었다
꿈에 바라문이 나타나 말한다
나는 자씨慈氏보살이다
공인工人의 생각으로 부처님의 성용聖容을 추측하기 어
려울 것 같아
내가 친히 불상을 만들었도다
불상의 오른손을 늘어뜨린 것은
지난 날 여래가 불과佛果를 증거하려 했을 때
천마가 와서 괴롭히려 했다
그때 지신이 천마가 오는 것을 알렸고
다른 지신이 나서서 부처님이 천마 항복시키는 것을
도우려 했다
여래께서 말씀하시길
그대들이 걱정할 필요 없다
나는 인내력으로 그들을 항복시킬 수 있다

누가 증명합니까, 하고 마왕이 묻자
여래는 손으로 땅을 가리키면서
여기에 증인이 있다

정각상은 미륵보살이 친히 와서 만든 것
일반 속인은 물론 바라문도 만들 수 없는 것
실내 깊은 곳에 있어
아침 일찍 커다란 거울을 가지고 햇빛을 끌어오면
드디어 영상靈相을 잡을 수 있다
자비로운 모습
중생에게 무한한 감동을 안긴다
깨달음의 순간을 증거한다

속인은 상상할 수 없는 것
보살이 와야 만들 수 있는 것
붓다가야의 정각상
그 깨달음의 모습 동쪽을 비추기 시작한다

인도에서 중국을 거쳐 신라 땅으로

네가 있으므로 내가 있네
내가 있으므로 네가 있네

인도에서 태어난 깨달음의 진리
설산雪山을 넘어 사막을 건너
중국 대륙을 흔드는구나
시절 인연은 새로운 땅
새로운 산천초목을 향하여 길을 떠나는구나

천축의 정각상
불상 중의 불상
바로 여래의 진실이 담긴 불상의 범본
천축 땅도 세월이 흐르면서 불법의 기운이 바닥에 떨
어질 운명
인연은 늘 새로운 것을 찾아 떠나지
천축의 정각상
이를 영원히 모셔갈 나라는 따로 있네
해 뜨는 나라
동해를 마주하고 있는 토함산의 신라

게서 여래의 정각상을 만날 수 있게 되리

신라의 토함산
천축 붓다가야의 정각을 모시고자 기운이 가득하네
동방의 나라에 정각의 모습을 세우자
불국토의 중심에 묘상을 세우자

토함산
태양을 듬뿍 머금고 새로운 시대를 만지고 있구나
깨달음의 원형을 모셔 오는구나

신라의 고민, 정각상 모셔 오기

신라의 조각가
토함산 석굴에 불상 조성 문제로 고민
또 고민의 시간만 쌓고 있구나

자, 그렇다
천축의 정각상을 모셔 오자
같은 크기, 같은 모습으로

여기는 새로운 인연의 땅
불국토의 신라
토함산에 붓다가야의 정각상을 모셔 오자

여러 나라의 전문가들과 궁리한 끝에
천축의 정각상을 기본으로 하여 새롭게 조성하기로 결
정하네
인연의 땅 극동의 불국토
그 토함산에 부처의 진상眞相 모셔 오기로 정성을 모으
네
천축의 불상은 흙으로 빚어 쉬웠겠지만

토함산의 불상은 강한 화강석으로 만드세
돌 다루기 쉽지 않으니 더욱더 기술과 정성을 모으세

어떻게 만들 수 있을까
아니, 과연 불상을 만들 수 있을까
석굴암 본존상을
깨달음의 실체를

세계 최고의 품질 경주 불석佛石

토함산 석굴암의 본존상은 돌을 깎아 만드세
깨달음의 법열을 영원토록 모시려면
강고하고도 강고한 양질의 돌을 사용하세
돌에 새긴 깨달음의 모습
돌에 스민 깨달음의 숨결

다행이로다
다행이로다
경주의 돌은 세계 최고 수준의 화강석
신라를 석조문화의 고향으로 만들어준 보배
경주 돌은 숱한 석탑과 석불을 만들게 하는구나
아무리 단단한 화강암이라 해도 신라인은 밀가루 반죽
하듯
돌을 주물러 아름다움과 깨달음을 담아내는구나

경주 돌 이용하여 역사에 남는 걸작을 만들어 보자
토함산 동쪽 기슭에는 바윗덩이가 보이지 않으니
여러 군데에서 운반해 오자
이 고통의 역사役事, 불법佛法을 담기 위한 것

노래 부르듯 즐겁게 석공 일을 하자

경주 화강석을 불모석佛母石이라고 부르는 이유
그대는 알고 있는가
불석은 글자 그대로 부처님을 빚기 위한 최상의 돌이
라는 뜻
붓다를 낳게 했으니 불모佛母가 아니고 무엇이랴
경주 불석은 단층으로 켜를 이루어 생긴 것
고온에서 응어리져 만들어진 것
고령토와 같은 것
옥의 성분이 듬뿍 들어 더 좋은 것
입자가 미세하여 세부 표현을 훌륭하게 할 수 있는 것
바윗덩어리 속으로 파고들수록 양질의 속살을 만날 수
있으니
천하일품 불석이로다
불모들아
불모들아
우리 정성을 더욱더 돌에 보태도록 하자

경주 화강암으로 조각하면 천년만년 생생하게 빛을 낼
것이니
세상에 이처럼 좋은 돌을 가지고
깨달음을 제대로 표현하지 못한다면
영원히 남을 걸작을 만들지 못한다면
신라인이 아닐세

훌륭한 말씀
훌륭한 돌에 새겨 토함산을 빛내세
신라가 불국토임을 증명하세

들리는가, 본존상의 한 말씀

나는 매일같이 떠오르는 태양을 보면서 그대들과 함께
있노라
토함산의 추위와 더위
밤과 낮 모두 끌어안고 그대들과 함께 있노라
그대들의 영욕 모두 품어 안으며
토함의 정기를 지키겠노라

나의 모습은 사실 부질없는 것
형상에 집착하지 말라고 늘 일렀거늘
하지만 아직도 미명에서 헤매고 있는 이를 위해 내 모
습을 잠시 보여주겠노라
나의 모습 또한 그대들의 모습과 다를 바 없으니
다만 어둠을 가셔내어 서른두 가지의 특징을 보이게
되었지만
이 또한 무슨 대수랴
나는 그대들과 똑같노라
진리를 찾아가는 데 게으름을 피우지 말라
나의 모습은 어떻게 보이는가
연화좌에 앉아 있는 모습, 위풍도 당당한가

이목구비는 정연한가
더운 나라 인도 출신이어서 얇은 옷을 입고
오른쪽 어깨를 드러내고
왼쪽 어깨 위로 걸친 우견편단의 패션 스타일
그러다 보니 젖꼭지까지 살짝 비추게 되었구나
부드러운 옷주름과 더불어 가부좌 틀고 앉아 있는 모습
왼손은 오른쪽 발바닥 위에 올려놓고
오른손은 무릎 아래로 내려놓아
항마촉지인의 수인을 하고 있도다

그대들이여
두려움을 갖지 마라
진리가 그대들의 편일지니 무엇이 두려운가
내가 깨달음을 얻는 순간
바로 정각의 모습, 바로 이러했거니
오랜 세월 고행한 끝인지
깨달음의 순간도 별로 표가 나지 않는구나
원만 자비심의 얼굴
하지만 한없는 열락의 순간

나의 몸에 가득하구나
얼굴에는 깨달음의 순간을 진하게 보이지 않았지만
나는 깨달음의 순간을 표현하지 않은 것도 아니도다
나의 오른쪽 손가락을 주목하라
두 번째 손가락을 세 번째 손가락 위로 포개 올려놓지
않았는가
세상의 어느 불상에서도 보기 어려운 모습
깨달음의 순간을 나는 이렇게 손가락으로 표현해 놓았
도다
깨달음이라
아무쪼록 그대들도 나의 깨달음을 나누어 갖기 바란다
두 개의 손가락을 포개 얹는 것
깨달음이 그렇게 먼 곳에 있는 것도 아니거늘
자, 그대를 둘러싸고 있는 어둠부터 걷어내야 하느니
오늘도 해는 동쪽 하늘에서 떠오르고 있구나

8부

실크로드 문화, 토함산에서 꽃을 피우다

실크로드의 꽃, 신라의 꽃

말이 좋아 비단길이지
이 고통의 길, 결코 부드럽지 않다
동서를 이어주는 문명 교류의 길
목숨 걸면서 낙타 행렬 채근한다
길에서 인생을 저물게 하면서

로마의 한림원은 귀족들의 사치를 걱정한다
귀족 부인들 비단옷 걸치려는 욕망 꺼질 줄 모르는데
비단값은 황금과 같은 무게로 맞바꿀 만큼 비싸
국부國富 유출 걱정 끝에 내린 로마의 조치
중국제 비단옷 착용 금지!
비단옷 입지 말라고 해서 실크로드가 썰렁할까
실크로드는 항상 분주하다
길에서 낳고 길에서 죽는 사람들은 넘치고 또 넘치고

그리스 로마 문화 동쪽으로 온다
동방의 문화 서쪽으로 간다
석류, 호두, 포도, 수박과 같은 과일들 동쪽으로 오고
지하수 나쁜 중국 대륙과 유럽 대륙

중국 차 마시기가 커다란 꿈이다
차※에서 나온 말, 그것은 티 혹은 떼
서구의 차 문화를 바꾼다

동서 문물 교류
그 화려함은 문화의 꽃을 활짝 피게 한다
개방사회는 문예의 꽃을 만개시켜 절정기의 시대를 연다
실크로드의 바람
신라까지 거세게 불어온다
토함산까지 불어와 새로운 시대를 챙긴다
토함산에 넘쳐흐르는 실크로드 바람
신라의 꽃
실크로드의 꽃

석굴사원의 절정

인도의 아잔타석굴, 엘로라석굴
히말라야를 넘고, 타클라마칸 사막을 넘고, 고비사막
을 넘는다
중국 대륙을 장식한 온갖 석굴사원들, 찬란하다
키질석굴, 돈황석굴, 병령사석굴, 맥적산석굴, 용문석
굴, 운강석굴
석굴 천지의 중국 대륙
바위산을 파서 굴 만들고, 거기에 불상과 불화를 모신다
구도의 길을 따라 온 불교예술은 화려함의 극치이다

더 가자
중국대륙에서 연습한 실력
좀 더 동방으로 밀고 가자
실크로드 문화의 종착점
아, 저기 신라의 토함산
토함산에 와서 실크로드 문화는 집대성된다
드디어 실크로드의 화려한 꽃을 종합적으로 만발시킨다

인도와 중국의 바위는 헐거워 굴 파기 쉬웠는데

딱딱한 화강암의 신라 바위는 굴 파기를 어렵게 한다
그래도 석굴사원의 의미를 외면할 수 없어
인공으로 석굴을!
인도나 중국보다 더욱더 멋지게
토함산에 석굴사원을 만든다

실크로드의 꽃
토함산에서 만개한다
토함산이 실크로드의 종점임을 알리는 상징물
석굴암. 석불사
석굴사원의 절정
드디어 토함산에서 대미大尾를 이룩한다
종점은 또한 출발점
토함산은 세계의 거점
거기 석굴암은 항상 촛불 밝혀 세상을 환하게 비추고
있다
어둠을 지워
니르바나의 세계를 이끌고 있다

신라는 곧 세계

로마 바람
페르시아 바람
간다라 바람
당나라 바람
삼한 바람
모두들 손잡고 토함산에 모이네
실크로드를 타고 달려온 바람들
토함산에 모였네

세상에서 제일 좋은 것들만 추려
거대한 보석을 만들었네
동해가 바라보이는 토함산 자락에 석굴을 만들었네
신라의 비원悲願 담아 석굴을 만들었네

동서 문화예술 교류의 결정판
석굴암을 완공했네
각 나라의 전문가들 모여 만든
국제 컨소시엄
신라의 지휘 아래 걸작을 만들었네

드디어 토함산을 세계의 중심으로 만들었네
거기 거대한 랜드마크
석굴암!

석굴암 점안식의 현장

일본의 쇼무聖武 천황은 왕권 강화를 위해
전국적으로 대대적인 토목공사를 벌였다
권력 쥔 자들은 권력 강화를 위해 대대적인 토목공사
를 벌이는 것
이것은 동서고금 비슷한 일이다
섬나라는 전국 곳곳에 절을 지으며
수도 평성경平城京 부근에 본사本寺격으로 동대사東大寺를
지었다
대불전의 노사나불, 드디어 752년에 완성했다

점안식
노사나불 봉안을 축하하기 위해 신라는 물론 발해까지
사절을 보냈는데
신라의 축하사절만 해도 무려 7백 명
이들은 일곱 척의 배를 나누어 타고 섬으로 갔다
대규모의 사절단
불상 점안식에 참가한 이웃 나라의 7백 명이라는 사절단
국가 간의 문화교류, 얼마나 화려했던가

토함산 석굴암의 점안식은 얼마나 화려했을까
점안식 참석자들은 누구일까
이웃 나라의 사절단은 어느 정도의 규모로 참가했을까
석굴암 점안식 현장에서 로마, 페르시아, 인도, 당, 일
본 바람
얼마나 화려하게 불었을까
석굴암 점안식은 신라의 경사이자 세계의 경사
발원자 김대성이 죽자 국가가 완공한
석굴암
이는 신라의 거국적인 국가행사
화려하구나
화려하구나
경사
경사로구나

토함산에 새롭게 모신 부처님의 모습
한없는 법열을 증거하는 부처님
시방세계의 모든 이들 모여
새롭게 나투신 불상 앞에 옷깃을 여미는구나

방편

나는 아무 말도 하지 않았네
더군다나 나는 아무런 형상도 남기지 않았네
깨달은 이의 모습이라는 것
특히 불상이라고 부르는 것
모두 부질없는 것
방편에 불과한 것이거늘

나는 아무 말도 하지 않았네
그냥 솔바람 불고
동해 파도만 출렁거리고 있을 뿐이네

스승을 만나면 스승을 죽이고
부처를 만나면 부처를 죽이고

깨달음에 무슨 형상이 필요할까
솔바람은 토함산을 달래고 있을 뿐
보름달은 천개의 강에 자기 모습을 달리해서 비추고
있는데
무슨 집이 필요할까

아름다움이란 방편이 필요할까
나는 아무 말도 하지 않았네

나는 아무 말도 하지 않았네

후기

■ 후기

    토함산 석굴암은 평생의 숙제였다. 아니, 처음에는 아주 반가운 교과서 속의 문화재였다. 중학교 국어 교과서에 석굴암 기행문이 수록되어 있었다. 그 글 속에 석굴암 예찬이 엄청났다. 석굴암의 본존상은 맥박이 뛰고 따스한 체온이 흐른다고 했다. 순진했던 중학생은 정말 그런 줄 알았다. 마침 가을 수학여행의 목적지는 경주였다. 당시만 해도 누구나 석굴암 안에 들어갈 수 있었다. 나는 호기심을 갖고 석굴 안에 들어갔다. 조심스럽게 본존상을 만져 보았다. 하지만 충격, 바로 충격이었다. 무엇보다 불상은 너무 차가웠다. 교과서에서는 따스한 체온을 느낄 수 있다고 했는데, 이건 너무 심했다. 친구들은 주눅 든 내 사정과 달리 마냥 떠들기만 했다. 석굴암은 어린 가슴에 좌절감을 안기었고, 내성적인 성격을 더 굳어지게만 했다.

    우여곡절이 있었지만 청년시절에 나는 불교미술사를 공부할 수 있었다. 그러던 어느 날, 나는 좌절감을 안긴 석굴암과 맞대결하고자 경주에 갔다. 석굴암 안에서 오랫동안 갈등의 시간을 보냈다. 아무 것도 보이지 않았다. 석굴 안이 어두워서가 아니라 나의 내면이 어둠으로 가득 차 있었다. 그러던 어느 날 부처님은 내가 불쌍했는지, 손짓을 했다. 가까이 와 보라는 신호였다. 본존상 앞으로 가까이 가니 평소 보이지 않던 손가락에 상징이 들어 있었다. 부처님은 오른 손가락을 들어 말씀을 내려주었다. 아, 이런, 그동안 보이지 않던 손가락, 두 번째 손가락을 세 번째 손가락 위에 살포시 포갠 손가락의 표정, 환희심을 안겼다. 포개진 손가락. 무엇 때문에 처음부터 눈에 들어오지 않았을까. 포개진 손가락의 의미, 공부의 시작이기도 했다. 그동안 석굴암의 가치를 대중적으로 널리 알리고자 꿈을 꾸었지만, 나의 역부족은 계속 좌절의 연속이었다.

　나의 방황 속에는 몇 년간의 뉴욕 시절이 있다. 1988년 서울올림픽 개최 전에 나는 일시 귀국했고, 무슨 인연인지 죽竹의 장막이라던 '중공' 대륙 취재여행으로 이어졌다. 그것도 3개월 간에 걸친 행운이었다. 백두산에서 고비사막과 타클라마칸사막 그리고 티베트까지 종횡무진 누비는 대장정의 고행이었다. 당시 돈황석굴을 비롯한 석굴사원과 불교미술의 현장을 답사하면서 나는 실크로드 문화에 탐닉하게 되었다. 이어 1990년대 나는 오지 여행 전문가로 많은 시간을 험한 길에서 보냈다. 실크로드에서의 방랑이 계속되면서, 석굴암은 실크로드의 종착점에서 이룩한 거대한 결정판이란 확신을 얻었다. 동서문화 교류의 꽃이었다. 10대부터 60대에 이르기까지 가슴 한편을 무겁게 누르고 있었던 토함산 석굴암, 이제 장편시집의 형식으로 일단락 짓고자 한다. 초고를 마련한 지 시간이 제법 흘러갔지만, 더 이상 다듬을 여력도 생기지 않아 이대로 마감하고자 한다. 개인적으로 꺾어지는 해의 기념으로 삼고자 한다.

『토함산 석굴암』은 비록 엉성한 장편시집 형식으로 정리한 것이지만, 석굴암 자체의 가치에 누를 끼치지나 않았을까 걱정뿐이다. 다만 한국미술사를 공부하면서, 또 실크로드 현장답사의 경력을 가지고 있으면서, 아직도 석굴암에 대한 경외감은 넘치고 있고, 하여 이와 같은 미완의 잡설로 이어진 것이나 아닐까. 나는 예전에 그런 말을 한 적 있다. 만약 한반도가 침몰하게 되어 단하나의 아이템만 건지게 한다면 무엇을 선택할까. 대답은 당연히 토함산 석굴암이다. 석굴암은 한반도는 물론 세계적 보배 가운데 보배이기 때문이다.

이제 장도의 졸필을 내려놓으면서, 석굴암의 가치가 국제무대에서 재인식되는 계기에 조그만 보탬이라도 되었으면 하는 마음 간절하다. 석굴암! 다만 한 가지 양해 말씀을 첨언해야 하리라. 졸고를 마무리하면서 그동안 수많은 분들의 도움을 받았지만 여기에 일일이 거명할 수 없다는 점이다. 학문의 길에서 가르침을 주신 스승과 동학들, 그리고 현장답사 길에서 여러 가지로 도움을 준 도반들, 특히 연구 업적을 차용하면서 일일이 전거를 댈 수 없었던 점은 실로 송구스런 일이지 않을 수 없다. 관련된 분들의 혜량을 빈다. 하여 『토함산 석굴암』은 공동의 산물임을 자각한다. 허물은 필자에게 있고, 영광은 선학들에게 있음이라.